談故論金

金庸小說讀書筆記

邱健恩 著

中華書局

目錄

iv 序 我如何走過風風火火的金庸百年

2 原始金庸

18 從鈎子與回目論金庸小説舊版連載版的閱讀價值

48 七步成「書」——《書劍恩仇錄》六變七版文本考

96 從定本思維到動態探索：金庸小説研究的文獻學路徑

150　丁春秋的兩段情

152　吸星大法的威力

154　朱九真的「大江東去帖」

156　不一樣的王語嫣之「身世篇」

158　不一樣的王語嫣之「武功篇」

160　山寨版西毒

162　《鴛鴦刀》何時首載？

164　明教教主是謝遜的師伯

166　百花版《雪山飛狐》的謎團

180　金庸百年，俠影七十：台灣金庸小說研討會與金庸展覽側記

我如何走過風風火火的金庸百年

1

2024 年是金庸百歲誕辰紀念，海峽兩岸四地都有不同活動，而我也多了很多「活」，朋友說我忽然紅了。一年過去，是時候盤點這一年多以來，我是如何活在金庸的世界裏。

紀念活動其實早在 2023 年年底已經開始，序幕是 10 月時在尖沙咀商務印書館舉辦的小型展覽，名為「從金庸小說到金庸文化」；由我策展，為期約一個月。因着展覽，我做了兩個訪問，分別是鳳凰網「港故事」系列的《尋跡金庸之漫談金學　追憶金庸》，另一個是《文匯報》的副刊，編輯為專訪起了一道怪標題：〈邱健恩再談一小部分的金庸〉。

展覽過後，我受到邀請，參加了由香港作家聯會、香港文學館等單位聯合主辦的「香港文學與世界華文文學的互動與前瞻」國際學術研討會，並發表論文〈從金

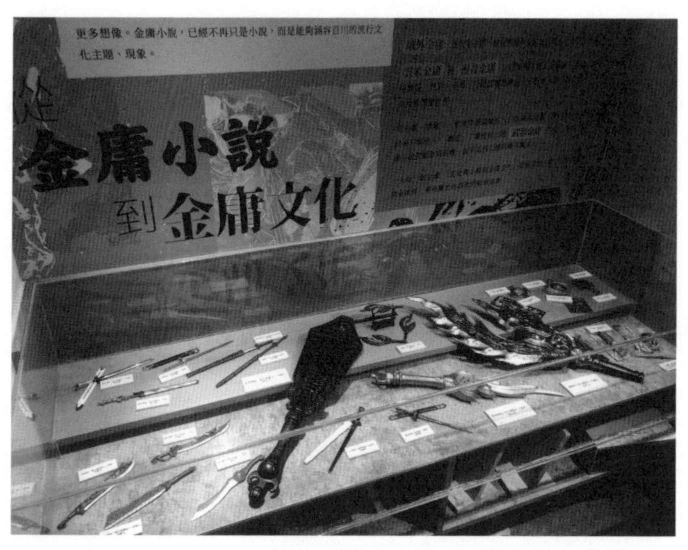

位於尖沙咀商務印書館的「從金庸小説到金庸文化」展覽一隅，找來大大小小不同版本的金庸小説兵器：聖火令、倚天劍、屠龍刀、法王五輪等。

庸小説改版談香港流行文學的研究與文獻保存〉。原以為一年將盡，該可以偃旗息鼓，誰知道之前的鳳凰秀在香港中央圖書館又舉辦了：「金庸傳世：俠影千秋，金庸傳世經典與華夏武術的碰撞」，邀請了楊興安博士與我擔任講座嘉賓（我的講題是「尋跡金庸武林」）。楊博士是香港金學界的前輩，我中學時已拜讀大作《金庸筆下世界》、《金庸小説十談》。他的語文底子超好，敍事論理不枯燥，以簡約流麗的筆法把我進一步帶進金庸小説的奇幻世界中。楊博士可謂我金學路上的啟蒙老師，能與他同台分享讀金庸的心得，實在是美好的回憶。

甫踏入 2024 年，便感覺到「金庸百年」的威力。沒想到打頭炮的是我自己：由於 2021 年出版的《何以金庸：金學入門六大派》即使二刷加印，也已經賣完多時。於是我多寫了新的一章「對讀金庸」，並把隨書贈品換為新獲得的《碧血劍》漫畫，一併放進書內，推出「增訂版」。

1 月底某一天，畢業多年的學生找我，說 mytvsuper 要拍一系列的金庸電視劇宣傳片，要找我做訪問。我本想拒絕，但導演 Ringo 說會找到一些當年拍攝的道具，我就衝着倚天劍、屠龍刀、打狗棒，啊，還有《神鵰俠侶》中的鵰兄那套戲服進了電視城。2 月某個早上拍了一整個上午，最終剪輯成合共 15 分鐘的四條短片（4 月時播出）。

金庸生於 3 月，內地的中國武俠文學學會在金庸的故鄉海寧舉辦了一個研討會，名為「百年金庸　魅力永存的想像世界」學術研討會，由於會議當天要上課（實則是怕冷），我遲遲未答應。後來會議改期，我找不到理由拒絕下只好答應，並在會上發表論文〈從鈎子與回目論金庸小説舊版連載版的閱讀價值〉。大會知道我不想接受訪問，一早提醒我不要跑掉。最後是因為記者給前一個訪問對象耽擱了，晚上跟我用電話訪問，談了一個半小時。於是我現身在《嘉興日報》上，標題是：〈金庸是個多義詞〉。記者把我的老底都挖了出來（以前用的網名），文章開首就說「作為『邱公子』，邱健恩在

《神鵰俠侶》中鵰兄（神鵰）的「戲服」。

金迷匯聚的國內『金庸江湖』論壇上赫赫有名，很多金迷關於金庸作品舊版的認知是由他啟蒙的。」雖然汗顏，但又竊竊暗喜。趁着去海寧，我還參加了嘉興市舉辦的「金庸誕辰 100 周年文化交流活動」、「百年俠骨碧海潮聲：金庸先生誕辰 100 周年主題晚會」，又參觀了「金庸百年紀念展」與重建的「金庸故居」。

從海寧回來後的翌日，又要出席香港文化博物館慶祝金庸誕辰活動的第一炮「俠之大者　金庸百年誕辰紀念·任哲雕塑展（預展）」。從內地坐飛機回來，在機場看到了郭靖的雕塑，已經感受到「金庸無處不在」的氛圍。其實 3 月還有另外一篇文章面世，2 月中旬過農曆年前，我接受《明報月刊》的邀請，撰文〈原始金庸〉。

4 月時候，台灣的遠流出版社忽然聯絡我，說要為即將出版的「藏金亮彩版《金庸作品集》」製作贈品，由於是新修版故事，因此想以新改寫的情節繪製書籤。我不會畫畫，出版社希望我推薦合適的人選。我第一時間想到遠在加拿大的崔成安先生，他是香港著名插畫家和漫畫家，當年報紙雜誌上連載的各種小說，幾乎都可以看到「圖：崔成安」的畫作。世上第一本《鴛鴦刀》漫畫（書名《雙刀奇緣》）、世上第一張《神鵰俠侶》連續劇的海報（佳藝電視）都出自他的手筆。我於是擔起了聯絡人，跟崔先生講述每張圖的內容需求。這又是一次別開生面的分享金庸小說的經歷。

我任職的香港珠海學院也在 4 月時舉辦了小型研討會，那是我們學院計劃每半年舉辦一次的活動，以「茶話會」方式，延請四方名人學者分享心得。適逢金庸百歲誕辰，學院第一次在茶室的活動就定名為「家國江湖　金庸武俠小說茶話會」。自家主場舉辦的研討會，我即使沒有鴻文佳作，也不能袖手旁觀，於是又寫了一篇〈金學的誤區：金庸小說的副文本研究　以「前言」與「後記」為例〉。4 月時還接受了橙新聞的訪問。訪

崔成安繪製《倚天屠龍記》書籤最初的草圖。

問短片卻在 6 月時才推出：「字裏人」系列的〈讀《何以金庸》，拆解金庸小說不同版本奧秘〉。另外，從 4 月開始，我在《明報月刊》開闢了專欄，每月寫一篇八百多字的稿件，談金庸小說。

5 月是我的「曝光月」，先是應邀到台灣演講，講題是「自力輪迴的江湖：穿梭金庸小說的多元文本宇宙」。邀請的單位是「台大金庸研究社」；台大是我的母校，即使要自費，我也得盡力報效。從台灣回來後翌日，就到香港電台出席由岑逸飛先生主持的「港東港西」，主題是「懷念大俠金庸」。客座嘉賓除了我，還有香港樹仁大學的黃仲鳴教授。岑黃兩人都曾與金庸有過交集，很多相處的逸事可以分享，我廁身其間，只能搭嘴打下手，講講這些年來讀金庸小說的看法。

到了 5 月下旬，又有香港文化博物館主辦的公開講座，講題是：「俠影如今七十載：尋跡金庸小說的多元宇宙」。由於演講時間長達兩小時，雖然講題相似，但與月初在台大講的那個多元宇宙，體系要龐大很多。博物館的講座，可以說是過去一年多以來讀金庸小說的總報告。演講完後，又以「金庸研究者」的身分，為香港流行文化節在博物館拍了一條宣傳短片。

6 月中旬，又再飛到台灣，為要參與「開箱」。金庸過世後，遠流出版社董事長王榮文先生有意在台灣籌

查家寄到台灣等待開箱的金庸遺物。

備金庸博物館，查家把部分金庸遺物寄到台灣。出版社選在6月開箱，我適逢其會，見證歷史時刻。兩個比人高的大木箱仿如盲盒，裏面都是寶，有金庸使用過的文房用具、圍棋、家具，更有啟發金庸創作故事的畫作。

6月時候深圳市龍崗區還有一個金庸展覽。負責統籌的文創公司之前找上門來，請我協助幫忙策展。時間很緊逼，加上要獲得相關持份者同意，展覽方向一改再改，以致後期作業時間更短。除了策展、借展品，還要演講，之後又得接受媒體訪問。

7月初即迎來香港中央圖書館的演講，那是早在2023年底已經預約的活動。講了半年舊版小說，轉換口味，改而談金庸小說的文創世界，講題是「江湖百煉，俠影千相：金庸小說的多維閱讀」。7月中旬香港書展開鑼，我的新書《何以金庸 III：消失情節100強》出版。過去一年，我在台灣遠流出版社的臉書專頁，每週寫一篇文章談金庸小說舊版情節，加上《明報月刊》

每月一篇專欄文章，合起來約六十篇；剩下的四十篇就在 3 月至 5 月期間，利用閒暇時間寫成。

7 月下旬，台大的學長林保淳教授在台北松山文創園區舉辦「百年武俠文化展」，要求我到場支援。於是我飛到台北，以「金庸小說的輪迴與再生」為題發表演講。只在台灣逗留了一天，又趕着回來，為要參加 mytvsuper 在上環 PMQ 舉辦的「俠之光影　封面重繪 mytvsuper 金庸劇展」。説是封面重繪，但 TVB 金庸劇根本沒有封面，其實只是請香港漫畫家以金庸為題的繪畫展覽。展覽場地地方雖小，內容卻着實精彩。除了八位漫畫家的精心力作外，還展示了元祖級《倚天屠龍記》電視劇（鄭少秋版）中的倚天劍與屠龍刀（應是重製的），又有 82 版《射鵰英雄傳》的打狗棒，以及 2001 年吳啟華版《倚天屠龍記》兩柄刀劍的設計原圖。一天之後，我又應邀出席由香港新聞工作者聯會舉辦的「金庸與中國文化走向世界」研討會，這次只是座上客，聆聽專家分享。

8 月暑假，我抽空到了馬來西亞的檳城，一則稍作休息，二則拜會當地的藏書家，看其珍藏，也趁機「入貨」。朋友許建豐好客，請我到他家小住兩天，沒想到為我安排了兩個訪問，一個是紙媒：我沒想到自己會出現在《星洲日報》上，文章的標題是〈半世紀修修補補

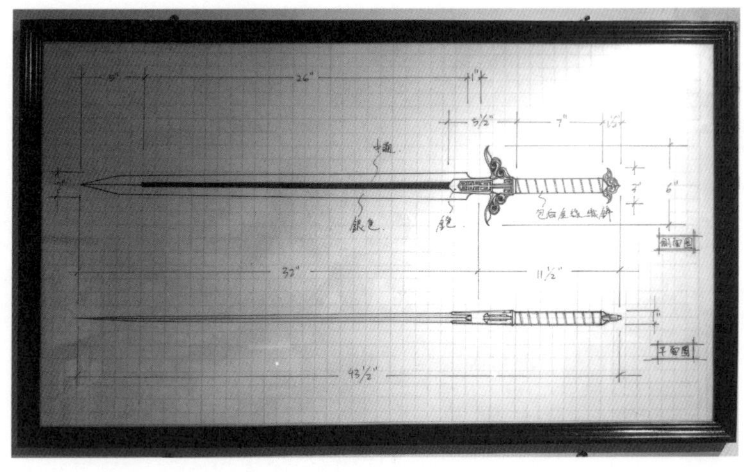

mytvsuper「俠之光影」的展覽品：2001 年版《倚天屠龍記》倚天劍的設計圖。

武俠世界展現金庸觀〉。另一個是自媒體，檳城當地的洪偉翔律師是成功的 youtuber，有自己的頻道「翱翔會客室」。這是我最享受的一次訪問，讓我能夠暢談對金庸小説以至金學的看法。整個訪問剪輯成兩段影片，每段一個小時。

9 月收到一個好消息，那就是我年初向大學教育資助委員會研究資助局申請的「本地自資學位界別競逐研究資助」終於獲選，題目是「從金庸新修版手稿探索金庸小説的再創作過程」，研究為期兩年。兩年多以來在學術界莽莽撞撞，其實有點心虛，能夠獲得資助，是對自己的肯定，也讓我有了走下去的強心針。

甫踏入 10 月，我接連有三個演講，先是獲澳門樂怡基金會邀請，所以又到澳門兩天一夜。10 月中旬到香港樹仁大學（講題「金庸小説的版本譜系與文本研究的關係」），10 月下旬則是到中學演講（講題「親情、友情、愛情 《射雕英雄傳》的人物形象」），邀請人都是前輩或好友，拒絕不了。10 月下旬有兩件大事發生，一是台灣遠流出版社籌備了整整一年的「百年金庸 無盡江湖」特展終於開展，我與鄺啟東都借出若干展品。除了舊版金庸小說與漫畫，更有我親自製作的舊版《雪山飛狐》袖珍線裝書（全套二十六冊，每冊 1.5 X 2.5 公分）。能以手作示人，着實開心。10 月下來，台澳兩地四家媒體，都有我的身影：中時新聞網、大愛電視台、《澳門日報》、《市民日報》。

10 月還有重中之中的大會：由台灣的政治大學與遠流出版公司聯合主辦的「金庸百年傳奇：對話 · 反思 · 超越」國際學術研討會，我早在一年前已經收到邀請。後來構思論文題目時，想到不能再停留在舊版小說上，是時候邁步進新領域了，於是以〈七步成「書」:《書劍恩仇錄》六變七版文本考〉為題，發表論文。要完成這篇文章，必須得到出版社的協助，讓我翻閱金庸小說的新修版手稿，才能從珍貴的原始資料中，探索金庸是如何一步一步打造《書劍恩仇錄》的人物與故事。研討會為期三天，一直到 11 月 2 日結束。

11 月忙着做跑腿，嘉興電視台拍攝的紀錄片《大俠金庸》後期工作已到尾聲，但仍缺很多資料。導演請

台灣華山文創園區「金庸百年　無限江湖」特展一隅。筆者製作的袖珍版《雪山飛狐》線裝書，收錄舊版連載故事，全套二十六冊。每冊文字清晰可見，本本不同。

我幫忙，到中央圖書館翻閱《明報》的微縮膠卷，找尋金庸的身影。11 月還接到出版社的邀請，想出版一套與金庸有關的叢書，要我擔任主編、策劃，如此有趣又極富挑戰性的工作，我想也不想就答應了，並迅速為叢書想到一個名堂：萬象金庸。

12 月降臨，一年以來的風風火火，終於走到了尾聲。啊，不，原來 12 月上旬還有一個小型畫展，叫「金庸俠影　俠影江湖」，沒有宣傳，卻給我在展期最後一天無端遇上了。另外，「百年金庸　無盡江湖」特展舉辦 Night Talk，從 12 月底開始，每週五晚上都有一場小演講，我躲不了，分別在 12 月與 2025 年的 3 月都有一場演講。

4 月時，學院中文系的《文史集刊》徵稿，我責無

位於深水埗獵人書店的「金庸俠影 漫畫江湖」畫展，展期：2024 年 11 月 30 日到 12 月 9 日。

旁貸，於是寫了〈從定本思維到動態探索：金庸小說研究的文獻學路徑〉，總結一年半以來的讀金庸小說的心得。

2

2023 年時，我與鄺啟東先生合著了兩本書：《流金歲月　金庸小說的原始光譜》與《尋金探本　流金歲月番外篇》，兩書都是探討金庸的舊版小說。在寫作過程中，我發現連載時期的金庸小說還有許多未被開發的一面，於是把研究重心放在這些早已散佚的舊版小說上。讀金庸小說，每有小發現，就寫成文章，累積若干心得時，又做公開演講，講完後重讀小説，或修訂原來的發現，或提出更多發現。本書所呈現的就是一年多以來讀金庸小説的累進成果。寫書與寫文章不同，文章單獨發表，每篇都是獨立個體，各有起承轉合，也必須交代背景。把不同時期的文章匯集在同一書中，或不免讓人覺得內容稍有重疊（如幾篇文章中都提到「六變七版」），我想過刪掉重複出現的地方，但又覺得會割裂文意，妨礙閱讀，思前想後，最終決定保留原貌。

書名《談故論金》，顧名思義，全書分為「談故事」、「論金學」兩部分。由於過去一年多寫學術論文，少談故事，兩者比重或有側重。本書如果能與《何以金庸》一樣自成系列，日後定會力求兩者平衡，畢竟，談金庸小説的故事，要比我的金學討論有趣得多。

是為序。

寫於 2025 年 6 月

倚天笑

原始金庸

當今世界華文創作文壇，論讀者之眾、論銷量、論改編次數、論接觸面之廣，當以「金庸小說」穩坐第一把交椅，而且影響所及，早已成為當代流行文化無人不知且炙手可熱的 IP。然而，金庸小說卻是個多義詞，因為從 1955 年 2 月 8 日金庸在《新晚報》上連載《書劍恩仇錄》開始，金庸小說就不斷被改「寫」，跨越文字，走進不同的媒介領域，與各種「讀者」接觸。

過去七十年一直有兩種人在改寫金庸小說。第一種是文創人。1958 年成立的「峨嵋影片公司」，是有記錄以來最早把金庸小說改編成電影的文創單位。粵語長片《射鵰英雄傳（上集）》在 1958 年 10 月首映，編劇苗青可能就是史上第一個改寫金庸小說的文創人。[1] 這個

---

1 說苗青是史上第一個把金庸小說改編成電影的文創人，只是根據《射鵰英雄傳（上集）》的首映時間來推測。事實上，峨嵋影片公司 1958 年 12 月還推出了由李晨風擔任編劇的電影《碧血劍》。至於苗、李兩人，何時先開始把金庸小說改寫成電影劇本，就不得而知了。

時候，《香港商報》上連載的《射鵰英雄傳》還沒有結束。時至今天，光是電影、電視劇與漫畫，就已經有超過 300 部改編作品，參與改寫的人不計其數，而且在可見的將來，還會有新力軍加入行列。

第二種只有一個人，就是作者自己。眾所周知，金庸曾經兩度全面修訂自己的小說，修訂後的小說分別是「修訂版」與「新修版」，至於當年在報紙（《新晚報》、《香港商報》、《明報》、《明報晚報》）與雜誌（《武俠與歷史》、《東南亞周刊》）上連載的小說，則稱為「舊版」。驟眼看，金庸小說只有三個版本，其實還可以再細分，可以總其名為「六變七版」。版本不同也就是文本不同，無論是主題架構、人物角色，還是故事情節、文字用語，都不完全相同。

一、六變與七版

常有人說，金庸經常修訂小說，然而，卻沒有人能夠很清楚指出「經常」是指多常。如果從「把修訂後的文字刊印出來」的角度來看，[2] 金庸共修訂了六次。小說

2　「把修訂後的文字刊印出來」指出版成單行本或在報紙上連載。1999 年前後，金庸展開新修版修訂工作，據遠流出版社編輯表示，每部小說至少改動六次。金庸在新修版《天龍八部》的後序中也曾提到「這一次第三版又改寫與增刪了不少（前後共歷三年，改動了六次）。」雖然改動了六次，但頭五次不曾發表，只有第六次後才真正印刷出來，因此，只能算作一變一版。

每變一次，就會有新的一版出現：六次修訂，就是六個版本，加上最初純創作的版本，合共「六變七版」。分述如下：

第一版：也就是「舊版連載版」。金庸創作小說，先在報紙雜誌上以連載方式發表，從 1955 年的《書劍恩仇錄》到 1972 年的《鹿鼎記》，前後總計十七年又七個月，全部合共十五部小說。

第二版（第一變）：也就是「三育版」。從 1956 年 3 月到 1959 年 8 月，金庸把在《新晚報》上連載的《書劍恩仇錄》與在《香港商報》上連載的《碧血劍》與《射鵰英雄傳》，交給三育圖書文具公司出版單行本。由於出版時，金庸稍稍修訂了小說文字、重排章節與重擬回目，因此三育版與報上連載文字並不完全相同。第二版只限於《書》、《碧》、《射》三部小說，其餘十二部小說出版單行本時（《雪山飛狐》與《鹿鼎記》並沒有出版過正版單行本），金庸並沒有修訂文字。

第三版（第二變）：也就是「修訂連載版」。根據修訂版《鹿鼎記》後序所記，金庸從 1970 年 3 月開始全面修訂小說，「到一九八〇年年中結束，一共是十年」。不過，「到一九八〇年年中結束」這個說法，其實只是針對修訂版《金庸作品集》（第一版）而言，並非「事實」的全部。修訂版其實至少可以分為三個階段，第一階段從 1970 年 10 月 1 日開始，到 1980 年 1 月 25 日結束，金庸把修訂後的文字，發表在《明報晚報》上，又可以稱為「明晚版」。由於是第一次發表，因此又可以稱為「修訂一版」。

過去幾十年，由於保留下來的《明報晚報》相當稀少，讀者難以窺見報上連載的小説，或根本不知道有修訂一版的存在，或想當然地以為修訂一版與之後的修訂二版文字大同小異。其實，「修訂一版」是介於舊版與之後的「修訂二版」之間的過渡版本，與修訂二版差異甚大。修訂一版雖然經過「增刪改寫」，但仍保留了不少舊版人物故事情節的痕跡，如《倚天屠龍記》中的張無忌與傳功長老，依然會使用幾招降龍十八掌；又如《笑傲江湖》中，令狐冲帶着群雄經過武當山，與冲虛道長座下兩位弟子對打之前，先是破了七星劍陣，再敗四人聯手。

第四版（第三變）：也就是「作品集一版」（修訂二版）。從 1974 年開始，金庸修訂小説的工作兵分兩路，一方面繼續修訂舊版小説，然後在《明報晚報》發表；另一方面則根據「修訂連載版」再做進一步修訂。這次修訂之後，金庸出版《金庸作品集》。《金庸作品集》三十六冊小説中，最早出版的是《雪山飛狐》（1974 年），最後一部是《鹿鼎記》。

第五版（第四變）：也就是修訂三版。1998 年，李以建在美國科羅拉多大學召開的金庸小說國際研討會上發表了〈以經典文學改寫的金庸小說〉，文中指出金庸在 1985 年時，再次修訂已出版的《金庸作品集》，並把這次修訂稱為第二次修訂。1985 年出版的《飛狐外傳》，版權頁上這樣寫「一九七五年四月初版（修訂本）一九八五年（第二次修訂本）」。版權頁上之所以把 1985 年修訂後的版本稱為「第二次修訂本」，其實專指《金庸作品集》而言。如果把明晚版也算在內，1985 年版其實已是修訂三版了。不過，金庸雖然明確指出了「第二次修訂本」，但這次修改的地方不多，而且只集中在幾部小說上，如「射鵰三部曲」中，只有《射鵰英雄傳》的改動較大，而《神鵰俠侶》與《倚天屠龍記》幾乎沒有改動。1985 年以後，修訂二版退役，香港出版的《金庸作品集》就以修訂三版的文本為準。

第六版（第五變）與第七版（第六變）：新修版《金庸作品集》。上世紀末，金庸又再啟動全面修訂《金庸作品集》的工作。這次修訂，官方稱為「新修版」。據台灣遠流出版社負責新修版《金庸作品集》編務工作的主編鄭祥琳表示，金庸在 1998 年時曾赴台灣參加漢學研究中心、《中國時報》人間副刊與遠流出版社聯合主辦的「金庸小說國際學術研討會」，並表示會再次修訂小說，而遠流出版社也自 1999 年開始，陸續收到金庸從香港寄往台灣的小說修改手稿（副本）。新修版的編務工作長達七年時間，自 2003 年開始，遠流出版社陸續出版新修版《金庸作品集》。

本來，新修版《金庸作品集》只能算作第六版（第五變），但事實上，新修版並非只有一個文本。遠流出版社原計劃先出版大字本的新修版《金庸作品集》，並於 2001 年時率先推出了大字新修版《書劍恩仇錄》。不過，計劃後來改變了，改為先出版二十五開的軟精新修版。2003 年，金庸依據 2001 年的大字版（只有《書劍恩仇錄》）再修改一次，而成軟精新修版《書劍恩仇錄》。這次改動雖然不大，只有一百多處，但 2001 年大字版與 2003 年大字版的《書劍恩仇錄》文本並不完全相同卻是不爭事實。

遠流出版社 2001 年時出版的大字新修版《書劍恩仇錄》可以視作第六版（第五變），而 2003 年的新修版金庸作品集，則屬於第七版（第六變）了。[3]

當然，並非所有金庸小說都歷經「六變七版」的階

---

3 香港明河社出版的新修版金庸小說，乃是依據遠流出版社 2003 年的軟精版而來，因此，明河社不曾出版過第五變第六版的《書劍恩仇錄》。

	舊版		修訂版			新修版	
	連載版 1955-1972 （原版）	書本版 1956-1959 （第一變）	明晚版 1970-1980 （第二變）	修訂一版 1974-1981 （第三變）	修訂二版 1985 以後 （第四變）	大字版 2001 （第五變）	軟精版 2003-2006 （第六變）
六變七版							
書劍恩仇錄	✓	✓	✓	✓	✓	✓	✓
五變六版							
碧血劍	✓	✓	✓	✓	✓		✓
射鵰英雄傳	✓	✓	✓	✓	✓		✓
四變五版							
雪山飛狐	✓		✓	✓	✓		✓
神鵰俠侶	✓		✓	✓	✓		✓
飛狐外傳	✓		✓	✓	✓		✓
鴛鴦刀	✓		✓	✓	✓		✓
白馬嘯西風	✓		✓	✓	✓		✓
倚天屠龍記	✓		✓	✓	✓		✓
天龍八部	✓		✓	✓	✓		✓
連城訣	✓		✓	✓	✓		✓
俠客行	✓		✓	✓	✓		✓
笑傲江湖	✓		✓	✓	✓		✓
鹿鼎記	✓		✓	✓	✓		✓
三變四版							
越女劍	✓			✓	✓		✓

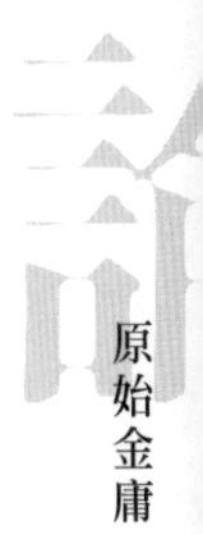

段，各書的版與變不完全相同，現表列如左。

二、金庸小說的平行宇宙

金庸小說自 1955 年面世以來，形成了一個相當奇特的文本世界與閱讀現象。

首先，不同年代的讀者讀到的金庸小說都不完全相同，如果彼此之間要對話，談談讀後感，就得先問問對方看的是哪個年代出版的金庸小說了。一個十八歲青年可能不知道誰是秦南琴（舊版中楊過的生母），可能不知道李莫愁是單眼道姑，一個八十歲的老人如果沒有看過新修版，可能不知道黃藥師曾對梅超風生出情愫，更不知道段譽到最後並沒有和王語嫣終成眷屬。

不獨是不同年代的讀者，即使是同一年代不同地域的讀者也可能會看到不同版本的金庸小說。台灣讀者與香港讀者手中的《射鵰英雄傳》也有不同。君山丐幫大會上，當三大長老考核黃蓉打狗棒法，用以判斷她是否具備出任幫主資格時，即使同是修訂版，台灣遠流出版社的黃蓉得到很大助力，郭靖連使四招降龍掌協助黃蓉，但香港明河社的版本，郭靖雖然也曾出手，卻沒有使出威力強大的降龍掌。究其原因，遠流使用的是修訂二版，而明河用的則是修訂三版。

撇除舊版（連載版與書本版）、曇花一現的明晚版

（修訂一版）與遠流 2001 年大字版，六變七版中，修訂二版、修訂三版與新修版都是現代通行的版本，讀者都可以在坊間書肆中買得到，也因此，金庸小說不同版本的人物和情節，就成了平行宇宙，為閱讀與研究帶來了嶄新體現，完全有別於以往任何一本華文作品。

三、鈎子：最初版本的動人處

眾多版本中，或許金庸最滿意的是最後面世的新修版，讀者卻不一定有相同看法。究其原因，就像初戀一樣，第一次遇到的那個版本都是最美好的。讀者如果先看新修版，或許會認為舊版與修訂版中，陳玄風把《九陰真經》下卷文字刺在身上根本不合情理，但原先讀舊版或修訂版的讀者，由於受故事情節吸引，不一定會清醒地「發現」：胸前「面積」其實不太能刺上幾千個字。

金庸各版小說的人物與情節，自有動人之處，就如鹹魚青菜，讀者各有所愛。然而，舊版連載版有一種特色所帶來的「閱讀經驗」，以後各版小說都難以望其項背，卻又是不爭的事實。這個特色，就是「鈎子」。

1970 年 10 月 1 日，《明報晚報》開始連載修訂改寫後的《書劍恩仇錄》，金庸寫了幾段文字作為小序，其中一段回顧當年創作小說時的「手段」：「在報上寫連載，有一種特殊的要求，在連載的結尾往往要安排一個

『鈎子』，放一個懸擬，以吸引讀者明天跟着再看」。

金庸並非無的放矢，就以《書劍恩仇錄》為例，首七天連載，天天一個鈎子：

第一天：當天重在引介陸菲青與李沅芷，最後一句是：「他之所以成為李沅芷的師父，說來有一段機緣巧合的故事」。（翌日交代何事。）

第二天：當天寫李沅芷發現陸菲青發金針的功夫，嚷着要學。最後一句是：「（陸菲青）五十多年來不知經過多少大風浪，今日遇到這個又嬌又靭的女弟子，倒也真是束手無策。」（翌日會告訴讀者陸菲青會不會收李作徒弟。）

第三天：當天寫李沅芷再到陸菲青房間拜師，卻發現已經人去樓空。最後一句是：「忽然房門推開，跌跌撞撞的走進一個人來，李沅芷不禁大驚。」（到底誰進來了？明天自會分曉。）

第四天：對頭找上門，陸菲青引各人到城外決戰。最後一句是：「只見三條黑影，一先一後的追來。」（追來的是誰？明天就會知道。）

第五天：追來的三人，以關東六魔老三焦文期為首，說明來意，既為追捕朝廷通緝犯，也為報私仇。最後一句是：「我兄弟三人專誠拜訪，就是來促請大駕，這是為公。」（能否成功？且看下回分解。）

第六天：陸菲青與焦文期等開打，羅信伸手抓陸的左肩。最後一句是：「那知這不抓猶可，一抓之下，自己一個肥大的身軀竟平平的橫飛出去。」（後續如何？且看明天連載。）

第七天：陸菲青臨陣有惻隱之心，卻給了焦文期反擊機會。最後一句是：「陸菲青出於不意，無法閃避，竟中了他鐵琵琶手的毒手。」（陸菲青會死嗎？請看明天的連載。）

有時候，鈎子不只是一句話，而是一段相對完整的小情節。1962 年 7 月 8 日《明報》連載《倚天屠龍記》，金庸寫到明教一眾高幹被圓真偷襲打傷，還剩最後一段（約兩百字），金庸就加了一個鈎子讓情節變得更緊湊：楊不悔忽然出現，走進內堂。楊逍見狀，叫女兒趕快離開；楊不悔卻走上前伸手扶楊逍。當天的情節寫到這裏就結束了。面對武功高幾十班的圓真，楊不悔能倖免於難嗎？讀者想知道，自然要追看明天的情節了。

金庸或以「出其不意」的情節，或以「言之未盡」的橋段吸引讀者，從結果來看，金庸小說能夠迅即引起注意，勾起讀者追看意欲。「金粉」在很短的時間內以幾何級數的速度增加，這些「鈎子」可說功不可沒。

鈎子雖然在連載時發揮了效用，卻得不到金庸認同。前述《明報晚報》上的小序，還有金庸對鈎子的評價：「這些連續而有規律地出現的『鈎子』，放在整本書中，有時會顯得是不必要的庸俗趣味，也往往破壞了正常的節奏，使人覺得不愉快。」因此，修訂改寫時，金庸刻意刪去鈎子。楊不悔在明教總壇遇見圓真就是最佳例子。當年連載時，由於楊逍奮力撞向圓真，改變了一陰指進攻方向（舊版中，幻陰指原名一陰指），點不到致命穴道，楊不悔不致立刻命喪當場（後來為張無忌九陽神功所救，清去體內寒毒）。然而，楊不悔受一陰指所傷而不死，還要負傷出演欲殺小昭一段情節，於情節安排來說並不妥善，當需要懸疑的背景（連載）消失，這段小情節也沒有存在的必要，金庸改寫時，就刪掉了這個鈎子。

其實，即使金庸不做「刪除」動作，鈎子也會自動消失。鈎子之所以產生效用，是因為「時」、「空」兩個條件：「空」指鈎子置於每天連載的最後一段（或一句），鈎子之後沒有其他文字。「時」指閱讀時間必須分開在前後兩日，前一天設下鈎子後就打住，而於翌日才讀到「解謎」情節。因此，只要把前後兩天的情節拼在一起，鈎子就會因為失去時空特有的優勢而自動消失。像前述《書劍恩仇錄》第三天連載的鈎子，三育圖書文具公司出版單行本時，把前後兩天的情節連了起來：「忽然房門推開，跌跌撞撞的走進一個人來，李沅

永遠不夠，許多要緊事都擱了下來，就擱了許多朋友們的事，覺得實在沒有理由去做這件不急之務。

最近哥倫比亞大學夏志清教授、加州大學陳世驤教授來港，把酒長談，說到了我這幾部武俠小說，既有謬讚之辭，復多直言之評，提到趙元任、錢穆、李政道等等前輩均是「同好」。有這些「高人」在瞧門道，縱不能藏拙，所獻之醜也是越少越妙，所以下決心來修訂一下，希望減少一些自己想來會臉紅心跳的錯誤，也是對十五年中這些讀者們的一個交代。對於武俠小說，一般人有兩種反應：或者是根本不看，用刀指住他要害穴道，也是不看；另一種人是喜歡看，並不討厭多看一兩遍。所以舊作重印，倒也不算全無意義，新讀者會看，舊讀者也會看。原來發表「書劍恩仇錄」的報紙，性質和「明報晚報」完全不同，何況經過了十五年，小孩子長大了，中年人老了，讀者也換了一批。

這十五年中收到了來自世界各地讀者的來信，其中許許多多寶貴的意見和批評，自然是修訂這部小說的重要參考資料。

原來的回目也改過了，未必改得好，總算順了些。原來的四十回，改成了二十回。

姜雲行兄的插圖生動活潑，線條優美，很能刻劃書中人物的個性，渲染故事的氣氛，大增小說的光采。這部小說最初發表時，插圖不是他繪的，現在請他重新繪寫，相信當可增加閱讀的興味。

第一回　古道騰駒驚白髮　危巒快刀識青翎　——金庸

「將軍百戰身名裂，向河梁，回頭萬里，故人長絕。易水蕭蕭西風冷，滿座衣冠似雪。

近身。李可秀在練武場中常見女兒把部屬的刀槍打飛脫手，一面笑罵部屬膿包無用，一面也不禁暗自得意；可是有時大笑一場之後又不免暗暗嘆息，這樣能文能武的一個孩子可惜不是兒子。

從十四歲那年起，李沅芷忽然不到練武場去了。李可秀以為女兒年紀漸大，不願再和男人混在一起，也自不以為意，那知道這位小姐偷下功夫，五年之間，竟已學得了內家的上乘功夫。她師父就是上文所說那位老者陸菲青。陸菲青是武當派中數一數二的前輩好手，他所以成為李沅芷的師傅，說來有一段機緣巧合的故事。

那是乾隆十八年夏天，李沅芷正交十四歲。那時她父親在陝西扶風居官，聘了一位教書先生教她讀書識字。教書先生陸菲青是一位飽學宿儒，平時對李沅芷談古論今，師生之間倒也十分相得。這天炎陽盛暑，日長如年，她睡過中覺，到先生書房去受課。

李沅芷走過長廊，四下裏靜悄悄地。這時已是未牌時分，按理已是授課時刻，李沅芷心細，怕熱天先生午睡過時，闖進去不便，繞到窗外，拔下頭上金釵，在窗紙上刺了一個小孔，眼睛湊過去偷偷一張，這一張使她又驚又喜。

只見老師盤膝坐在椅上，臉露微笑，手向空中輕輕一揚，輕輕吧的一聲，好似什麼東西在板壁上一碰。她向聲音來處尋去，凝神細望，只見老師對面的壁上，一排排整整齊齊的排滿了幾十隻蒼蠅。她十分奇怪，這些蒼蠅怎麼伏在板壁上一動不動，而且排列得如此整齊，倒像爸爸在校場上操兵時率領兵勇擺成的陣勢一樣。她再凝神注視，卻見每隻蒼蠅背上都插着一根細如頭髮的金針。這針極細，隔了這樣遠本來看不出來，只因時交未刻，日光微斜，射進窗戶，金針在陽光下生出了反光。

（一）

《明報晚報》1970 年 10 月 1 日連載修訂版《書劍恩仇錄》。

芷不禁大驚，原來推門進來的竟是她以為那已不辭而行的陸老師」(「原來」二字，連載時沒有，為出版單行本時由金庸所加)。

四、結語

金庸修改小說，一是為了負責，二是為了「藏拙」。當年連載時每天寫，有太多錯誤，這原是無可厚非的事。然而，如果印成書冊，「一仍其舊，未及改正，就出版業而言，覺得自己是相當的不負責任」。所謂「藏拙」，則是讓自己「所獻之醜也是越少越妙，所以下決心來修訂一下，希望減少一些自己想來會臉紅心跳

書劍恩仇錄

△有增有刪 大段改寫▽

為什麼要增刪改寫？

雲君圖

「書劍恩仇錄」是我第一部武俠小說，寫於十五年前的一九五五年。十五年來，這部小說再版了許多次，盜印本也有許多版本。雖然還受到讀者們的歡迎，但我自己並不感到滿意。

我的每一部武俠小說都在報紙上連載，每天寫一段，刊一段。當旅行之時，在飛機上寫、在酒店中寫。記得很清楚，「神鵰俠侶」中楊過斷臂那一節，是在深圳火車站上寫的。那時到大陸去參觀，在火車站等火車，在一張黃紙上寫完楊過的手臂被郭芙一劍斬斷，投入深圳的郵筒寄回香港。在印度的臥車上、南斯拉夫的賓館裏、愛丁堡的餐室中，都寫過武俠小說。

這樣一段一段的寫，印成書後，文氣當然不連貫，前後的呼應照顧，伏綫補筆，都感到粗疏。看到文學史上的記載，作家們怎樣一次又一次的修改作品，內心總是感到慚愧。當然，武俠小說只是娛樂讀者們的玩意，並不是什麼嚴肅的作品，但印成了書後，明明可以改得好些的，卻還是保留着當時的忽忽之意，草草之情，對讀者們實是一種虧欠。這些單行本為了趕時間，都是跟着在報上發表的文字即排即印的，錯字誤句，一仍其舊，未及改正，就出版業而言，覺得自己是相當的不負責任。

在報上寫連載，有一種特殊的要求，在連載的結尾往往要安排一個「鈎子」，放一個懸擬，以吸引讀者明天跟着再看，這些連續而有規律地出現的「鈎子」，放在整本書中，有時會顯得是不必要的庸俗趣味，也往往破壞了正常的節奏，使人覺得不大愉快。好多位朋友會勸我修訂一下，出一套全

（一）

正壯士悲歌未徹。啼鳥還知如許恨，料不啼青淚長啼血。誰共我，醉明月？」

這首氣宇軒昂、志行磊落的「賀新郎」詞，是南宋詞人辛棄疾之作。一個精神矍鑠的老者，騎着一匹瘦馬，正滿懷感慨，低哼「故人長絕，壯士悲歌」之詞。

這老者年近六十，鬚眉皆白，可是神光內蘊，腰挺背直，騎在馬上毫不見龍鍾老態。他回首四望，只見夜色漸合，長長的塞外古道上，除他們一大隊騾馬人伙之外，唯有黃沙衰草，陣陣歸鴉。老者馬鞭一揮，縱騎追上前面的騾車。

那是清乾隆二十三年的秋天，安邊將軍李可秀在平伊犁一役中有功，清朝皇帝獎勳有加，調任浙江。李可秀久歷戎行，在甘肅回部一帶居官多年，所以家眷都在官衙居住。他接到調任浙江的朝旨後，帶了隨從輕騎先行，家人眷屬以及歷年宦囊所積，隨後跟去。

李可秀軍功卓著，官越做越大，自然是春風得意。他生平惟一遺憾的是膝下無兒，僅有一個十九歲的女兒。女兒名叫李沅芷，那是他在湘西做副將時所生，所以名叫沅芷，那是紀念生地之意。李可秀只有這個女兒，自是愛如掌珠。這位小姐雖然生於武人之家，但相貌清秀絕俗，明艷萬狀。李可秀女兒越長越嬌，越長越美，更是不敢多呵責一句。李沅芷容貌似母，性格似父，父親在練武場上盤馬彎弓，這位小姐一定隨從在側。李可秀見她好武，部下武藝好的屬將有的是，自己興緻來時教教

跳的錯誤」（前述《明報晚報》首天連載修訂後的《書劍恩仇錄》小序）。從 1970 年金庸修改小說開始，到 2006 年新修版《鹿鼎記》出版，金庸花了三十六年時間來改寫小說，也衍生出一個又一個的異文版本。只是，雖然小說破綻少了，變完美了，以後的讀者無論如何，再也享受不到當年連載時每天追看小說的那種緊湊與期待。

一九五五年二月八日

一、塞外古道上的奇遇

「將軍百戰身名裂，向河梁，回頭萬里，故人長絕。易水蕭蕭西風冷，滿座衣冠似雪。正壯士悲歌未徹。啼鳥還知如許恨，料不啼清淚長啼血。誰共我，醉明月。」

這首氣宇軒昂、志行磊落的「賀新郎」詞，是南宋愛國詞人辛棄疾的作品。一個精神矍鑠的老者，騎在馬上，滿懷感慨地低低哼着這首詞。

這老者已年近六十，鬚眉皆白，可是神光內蘊，精神充沛，騎在馬上一點不見龍鍾老態。他回首四望，只見夜色漸合，長長的塞外古道上除他們一大隊騾馬人伙之外，只有陣陣歸鴉，聽不見其他聲音。老者馬鞭一揮，縱騎追上前面的騾車，由於滿腹故國之思，意興十分闌珊。

那是清乾隆二十年的秋天，安邊將軍李可秀在平伊犁一役中有功，清朝皇帝慰勉有加，調任浙江。李可秀久歷行伍，在甘肅新疆一帶居官多年，所以家眷都在官衙居住。他接到調任浙江的命令後，帶了隨從輕騎先行，家眷以及他歷年來宦囊所積，隨後跟去。李可秀軍功卓著，官越做越大，自然是春風得意。他生平惟一遺憾的是膝下無兒，僅有一位十九歲的女兒。女兒名叫李沅芷，那是李可秀在湘西做副將時所生，所以名叫

書劍恩仇錄

金庸

沅芷，是紀念生地的意思。李可秀只有這個女兒，自然是愛如掌珠。這位小姐雖然生於武人之家，但相貌清秀絕俗，明艷萬狀，李可秀見女兒越長越嬌，越長越美，更是不敢多呵責一句。李沅芷容貌似母，性格却似父，父親在練武場上彎弓跑馬時，這位小姐一定隨從在側。李可秀見她好武，部下武藝好的屬將有的是，除了自己興緻來時教教女兒一刀一槍之外，還常命屬將予以點撥。部將們見是上司的小姐，那敢不盡心巴結，傾囊相授，所以李沅芷到十三四歲時已學得一身很不錯的武功，普通一二十人已輕易不能近她身了。李可秀在練武場中常見女兒把部屬的刀槍打飛脫手，一面笑駡部屬膿包無用，一面也不禁暗自得意。可是有時大笑一場之後又不免暗暗嘆息，這樣能文能武的一個孩子可惜不是兒子！

從十四歲那年起，李沅芷忽然不到練武場去了，李可秀總以爲女兒年紀漸大，不願意再和男人混在一起，心中也不以爲意。那知道這位小姐偷下功夫，五年之間，竟已學得了內家的上乘功夫。她師父就是上面所說那位老者陸菲青。陸菲青是武當派中數一數二的前輩好手，他所以成爲李沅芷的師父，說來有一段機緣巧合的故事。（一）

《新晚報》1955 年 2 月 8 日連載舊版《書劍恩仇錄》。

遠流出版社 2001 年出版的大字新修版《書劍恩仇錄》第一集封面。

從鈎子與回目論金庸小說舊版連載版的閱讀價值

一、前言

金庸多次修改小說，構成了舊版、修訂版與新修版三大系統。舊版中的「連載版」[1]與修訂版中的「明晚版」，[2]連載於報紙雜誌，在長達五十年的金庸小說創作與改寫歷史中，只是曇花一現。幾十年以後，讀者已經難窺全豹。因此，研究金庸小說的人，即使想要探討文本異同，了解金庸創作的思路歷程，也只能使用印刷成冊的書本版，也就是三育版、鄺拾記版與武史版的舊版

---

1 從 1955 年到 1972 年，金庸分別在《新晚報》（書、雪）、《香港商報》（碧、射）、《明報》（神、倚、天、白、俠、笑、鹿）、《明報晚報》（越）、《武俠與歷史》（飛、鴛）、《東南亞周刊》（素心劍，也就是後來的《連城訣》）連載小說，這是最原始的金庸小說版本。

2 從 1970 年到 1980 年，金庸把經過增刪改寫的十四部小說（《越女劍》除外）在《明報晚報》上連載，這是最早期的修訂版，明河社出版的《金庸作品集》其實屬二次修訂。

文本，[3] 以及《金庸作品集》(修訂版與新修版)。

一般都認為，舊版連載版與書本版內容文字都一樣，其實不然。邱健恩、鄺啟東《流金歲月》指出，三育文具圖書公司出版《書劍恩仇錄》等三書時，金庸都稍作修改，包括校正文字、修改原文、重訂回目與配置插圖。[4] 至於鄺拾記版與武史版各書，語言文字雖然都與舊版連載版一樣，但基於出版需要，也重訂了回目。[5] 由於大部分金庸小說都屬長篇，每部小說連載時間往往超過一年，難以收集完整，因此，一般研究舊版金庸小說的人，會改以書本版為探討對象。然而，連載版與書本版，內容與語言文字雖然同屬一個系統，但如果因此認為兩者完全一樣，能從書本版探討舊版金庸小說的創作原貌，從而了解金庸小說當年為何能夠吸引廣大讀者，則又與事實不符。

以下，本文分別從只存在於舊版連載版的「鈎子」與「回目」，探討舊版連載版所營造的閱讀價值與文獻價值。

---

3 三育版(書、碧、射)、鄺拾記版(神、倚、倚、白、鴛、俠、天、素、飛)、武史版(笑)，都是獲金庸授權的舊版書本版。《雪山飛狐》、《鹿鼎記》與《越女劍》，都不曾出版過正版的書本版。

4 邱健恩、鄺啟東：《流金歲月 —— 金庸小說的原始光譜》(台北：遠流出版事業股份有限公司，2023 年)，頁 36-47。

5 鄺拾記版與武史版金庸小說，主要集七天連載的內容為一回，與原連載時報紙上所用的回目，並不相同。

二、鈎子只出現在舊版連載版中

認為舊版書本版可以代替舊版連載版的人，完全忽略了舊版金庸小說的「本質」。這個本質並非只來自故事內容與語言文字，而是來自「連載體」。連載體的其中一個特色是「扣子」。莫文〈文學之死〉指出台灣武俠小說作家朱羽在報上連載的小說：

> **……了無新思，更談不上境界，但他能投編者（或者說是報館老闆）所好，在每日刊出字數的末了，一定製造一個「扣子」，引誘你明天再看。**[6]

楊照《曾經江湖》指出報紙上連載的古龍小說，「在每天連載故事的結尾，擺上一個出人意表的神秘現象，於是就達成了『欲知後事，請看明天』的效果」。[7]所謂「扣子」，指報紙上連載的小說，為了吸引讀者翌日繼續追看，作者往往在每天結尾處（最後一段或最後

6　莫文：〈文學之死〉，《書目季刊》第二十九期，1975 年 9 月，頁 90-96。

7　楊照：《曾經江湖》（台北：遠流出版事業股份有限公司，2024 年 3 月），頁 66。

幾句），布置懸念，吊讀者的胃口。

金庸小說起源於連載體，自然也有扣子，金庸稱之為「鈎子」。1970 年 10 月 1 日，金庸把改寫後的《書劍恩仇錄》在《明報晚報》上連載，連載首天，金庸寫了一段前言，提到「鈎子」：

> **在報上寫連載，有一種特殊的要求，在連載的結尾往往要安排一個「鈎子」，放一個懸擬，以吸引讀者明天跟著再看。**

金庸寫這段序言時，正值改寫《書劍恩仇錄》，對於當年如何創作故事，正在故夢重溫，往事歷歷在目……《新晚報》上連載的《書劍恩仇錄》，金庸在開篇時連用三個「鈎子」（1959 年 2 月 8-10 日），期能在短短幾天時間內扣住讀者：

> 第一天：**他之所以成為李沅芷的師父，說來有一段機緣巧合的故事。**
>
> 第二天：（**陸菲青**）**五十多年來不知經過多少大風浪，今日遇到這個又嬌又韌的女弟子，倒也真是束手無策。**

第三天：**忽然房門推開，跌跌撞撞的走進一個人來，李沅芷不禁大驚。**

三個鈎子要設置的是三個懸念：甚麼機緣巧合的故事？如何面對五十多年來從未經歷過的棘手問題？突然走進來的到底是誰？

鈎子除了布置懸疑，還可以呼應前文。舊版《天龍八部》寫阿紫偷走了星宿派鎮派三寶之一的「碧玉王鼎」（修訂版與新修版改名為「神木王鼎」），引來星宿弟子追捕。大師兄摘星子到來，要與阿紫對決。兵凶戰危之際，金庸竟然加插了一段告白的情節，原來阿紫自小喜歡摘星子。[8] 不過，阿紫的告白當下並沒有換來摘星子的同情，雙方最終動起手來。阿紫初時不敵，後得喬峰暗中相助，傳送內功，最後反敗為勝。當阿紫反詰摘星子輸了又該如何處置時，金庸又神來之筆地布置了一個鈎子。《明報》1969 年 10 月 13 日連載的《天龍八部》第四部第八二續「摘星子願娶阿紫」最後幾句，摘星子忽然

---

8 這段情節，見於《明報》1969 年 12 月 10 日連載的《天龍八部》（第四部第七九續「暗助阿紫脱大難」）：「阿紫咬牙道：『我就是打得你過，我也不會殺你。⋯⋯因為⋯⋯我心中喜歡你⋯⋯你英俊瀟洒，武功又高，有沒有妻子，有甚麼相干？我⋯⋯我就是喜歡你。』」

回應了阿紫的告白（三天前的連載情節）:「你說過喜歡我，我回去殺了我家裏的婆娘，即刻娶你為妻，永遠聽你的號令，不敢有違」。故事就此打住，欲知阿紫如何反應？兩人是否有情人終成眷屬？只能看翌日的報紙了。[9]

在金庸小說六變七版的文本中，[10] 唯獨是舊版連載版才有「鈎子」。這些鈎子對於金庸小說之所以能盛極一時，吸引大量金迷，功不可沒。試看《射鵰英雄傳》頭兩星期的連載的最後一句：[11]

01 **楊鐵心猛力在桌上擊了一掌，忽然門帘起處，內堂走出一位絕色佳人來。**

02 **兩人……出得門去，只見那道士走得好快，晃眼之間已在數十丈外。**

---

9 阿紫告白與摘星子示愛的情節，金庸 1976 年初次改寫《天龍八部》時，已經全部刪去。

10 「變」指修訂小說，「版」指修訂後或發表於報紙上，或出版成冊的「製成品」。金庸小說從舊版連載版開始，最多歷經六變，而成七個版本，計有：舊版連載版→舊版書本版→明晚版→作品集初版→作品集二版→新修版初版（只限《書劍恩仇錄》）→新修版。詳參邱健恩：〈原始金庸〉，《明報月刊》2024 年 3 月號，頁 24-29。（見本書頁 2-17）

11 從 1957 年 1 月 1 日起，《香港商報》開始連載《射鵰英雄傳》。引文中前面的數字表示日期。01 指 1 月 1 日，02 指 1 月 2 日，如此類推，一直到 14 指 1 月 14 日。

03 楊郭二人都跳起身上，原來革囊中滾出來的，竟是一個血肉模糊的人頭。

04 這一仗殺得金兵又敬又怕，楊家槍法威震中原。

05 丘處機道：「⋯⋯我只道兩位必是官府的鷹犬。」三人說罷哈哈大笑。

06 為首的黑衣人一刀把甩下來的弩箭砸飛，叫道：「好賊道，原來是你！」

07 丘處機過來拿住包氏右手手腕，一搭脈搏，哈哈笑道：「恭喜，恭喜！」

08 楊郭二人互相對望了一眼，心中十分惶悚。

09 包氏拿掃帚去碰了一下，那屍首又呻吟了一下，聲音異常微弱。

10 包惜弱搶住湯碗，餵著他一口一口的喝了。

11 包惜弱心中一酸，垂下淚來，顫聲道：「那麼這個家呢？」

12 楊鐵心舉槍一挑，武官一個筋斗倒翻下馬。

13 他用的是一柄鋸齒刀，這一招正在楊鐵心左肩上鋸了深深的一道口子。

14 包惜弱緊緊摟住丈夫脖子，死不放手，哭道：「咱們永遠不能分離⋯⋯」

上述十四個末句中，04，05，10，12，懸念較弱，鈎子功能不強，其餘都能引起讀者追看的興趣，特別是 01，03，06，07，08，09，13，懸念最強。01 絕色美女忽然登場，與楊鐵心的憤慨形成強烈對比，讀者也想看看，這位從內堂走出的美女，到底是何許人物。03 與 13 以斷首殘軀作懸念，死的是何人？傷勢如何？是否傷及性命？07 所喜何事？08 楊郭兩人之所以忐忑惶悚，來自丘處機贈與匕首時說的「懷璧其罪」論。丘處機謂匕首鋒利，但若使用者「不足以克敵制勝」，反會招至殺身之禍。須知道二人妻子剛有身孕，丘處機竟說出這番話，怎教二人不「惶悚」？而讀者更想知道的，翌日連載中有沒有「化解」殺身之禍的預告。09 屍體「復生」，又是怎麼一回事？

三、鈎子的「下場」

《射鵰英雄傳》這十四個或強或弱的「鈎子」，金庸後來改寫時，又是如何處理呢？從舊版到修訂版，金庸主要分兩次改寫《射鵰英雄傳》: 第一次在 1972 年（10 月 4 日開始），金庸把改寫後的故事先在《明報晚報》上發表，每天約 1,300 字。四年之後（1976 年），金庸再次改寫明晚版上的《射鵰英雄傳》，之後出版而成《金庸作品集．射鵰英雄傳》，又可以簡稱為「作品集版」。

明晚版與作品集版同屬修訂版。上述十四個鈎子，除了01與08外，其餘都保留下來。[12]

鈎子01，明晚版與作品集版，金庸修改如下：

> **忽然門帘起處，內堂走出一個少婦來。**（明晚版）
>
> **（楊鐵心）請渾家整治。他渾家包氏，閨名惜弱……**（作品集版）

至於鈎子08，明晚版中，丘處機贈郭楊二人匕首時，只說「客中沒有帶甚麼東西，這對短劍，就留給兩個還沒有出世的孩子吧」，刪掉了原來的「懷璧其罪論」等讓人不安的警剔語。作品集版與明晚版一樣。

改寫或刪去原文，等於刪除了鈎子，但保留原文又是否代表保留鈎子呢？試看以下兩段明晚版的文字：

---

12 這裏說的「保留原文」，指改寫後的文本是否保留原來的情節，而不是指明晚版與作品集版一字不漏完全保留原文。事實上，同樣是相同描述，金庸後來改寫，或會稍稍更換原句用詞，或會增刪描述。如鈎子02「那道士走得好快，晃眼之間已在數十丈外」一句，明晚版改為「那道士走得好快，幌眼之間已在十餘丈外」，金庸弱化了丘處機的輕功，縮短了晃眼間移動的距離。作品集版則改為「那道人走得好快，幌眼之間已在十餘丈外，卻也不是發足奔跑，如此輕功，實所罕見」（明河社1981年版《射鵰英雄傳》，頁20），又增加了三個分句來誇讚丘處機的輕功。

他跟著解下背上革囊，往桌上一倒，咚的一聲，楊郭二人都跳起身來，原來革囊中滾出來的，竟是一個血肉模糊的人頭。楊鐵心伸手去摸懷中匕首，那道人革囊又是一抖，跌出兩團血肉模糊的東西來，原來竟是一個人心，一個人肝。楊鐵心喝道：「好賊道！」一匕首望那道人胸口刺去。（《明報晚報》1972 年 10 月 5 日）

楊鐵心見她臉如白紙，手足冰冷，心裏十分驚惶。丘處機過來拿住包氏右手手腕，一搭脈搏，大聲笑道：「恭喜，恭喜！」楊鐵心愕然道：「什麼？」這時包氏「嚶」了一聲，醒了過來，見三個男人站在身周，不禁害羞，忙回進屋內。（《明報晚報》1972 年 10 月 6 日）

鈎子的結構是「今天布置懸念，翌日解謎」，因此必須具備「時」「空」兩個條件才能成立。然而，文字經重排後，原本分屬兩日的文字前後相接，在同一個時空下出現，前一日的文字不能再產生「懸念」，而後一日的文字也就「無謎可解」，原句的鈎子功能也就自動消失。以上所引兩段明晚版文字，原來的鈎子（加上着重號）「竟是一個血肉模糊的人頭」、「笑道：『恭喜，恭喜！』」早已湮沒在段落之中，讀者無復知道哪一句哪一段是一天的結尾，鈎子也就自然消失。因此，舊版連載版只要經過重排（連載版→書本版），不待金庸改寫，小說的內文也不會再出現鈎子。由此可見，即使同是舊版，讀者從連載版獲得的閱讀體驗，與閱讀書本版並不完全相同。至少，讀者無法從書本版中享受金庸匠心獨運布下的懸念，從而無法完整地體驗小說當年的魅力所在。

四、鈎子的價值

不同的武俠小說作家所設置的鈎子皆不相同，楊照說：

> **古龍小說的情節，是靠著連綿不斷的意外轉折來推動的，這裏突然出現一個人、那裏突然飛來兩枚暗器、應該死掉的人卻復活了、被點了穴道不能動的人卻動了……，這些無窮無盡的意外轉折，其實都是……「扣子」。**[13]

如果說古龍製造意外轉折的鈎子是轉接，那金庸

13 楊照：《曾經江湖》，頁 66。

的鈎子就是順接。[14] 與古龍相比，金庸的鈎子雖然也曾「突然出現一個人」（如包惜弱），也會有突如其來的暗器，[15] 但主要不為營造突如其來的變化，更多的是運用語言描述事情細節，在引起讀者興趣後，又在關鍵處戛然打住。雖然兩者鈎子的功能不同，但有一件事情無可否認：鈎子是「連載體」小說的基因。因此，研究連載體小說如果漠視鈎子，則研究成果必然有所欠缺。石娟說得好：

> **很多研究者在面對通俗小說文本時，常常是以單行本為參照……忽略了近現代小說因了現代傳媒而具有的一個非常重要的形式特點——連載。如果分析現代通俗小說的一系列問題，必須進入連載形式本身對小說結構予**

---

14 「轉接」與「順接」的講法出自《章回小說史》，原本用來指章回小說中每回最後幾句「欲知後事如何，且看下回分解」之類的結束語與下一回情節之間的關係，本文拿來用在描述鈎子所引起的閱讀效果。陳美林、馮保善、李忠明：《章回小說史》（杭州：浙江古籍出版社，1998 年），頁 154-157。

15 如《新晚報》1959 年 2 月 20 日上的《雪山飛狐》，第十二續「一粒念珠」，最後兩段所寫，陶子安正要舉刀劈死中了錐毒的鄭三娘，卻忽然有一顆暗器飛來，打飛陶子安手上的單刀。眾人只見一個和尚出現。最後幾句是：「（和尚）緩步走來，俯身拾起一物，串在念珠繩上，原來他適才所發暗器只是一粒念珠。」

> 以思考。「連載」，是近現代長篇通俗小說非常重要的文體特徵，它直接影響到了小說的文本結構方式。[16]

由此可見，要探討金庸舊版小說的創作特色與相關問題，或從事三版小說的比對研究，討論金庸從創作到改寫的心路歷程與寫作思維轉變，舊版書本版根本不足以承擔重任，而必須以舊版連載版為首要文本。

五、金庸小說的分回情況[17]

金庸大部分小說都是「章回體」，即整部小說分為若干部分，每部分通常設有「回目」，用以提示該部分的內容。金庸十五部武俠小說連載時，有四部小說不分回：報紙上的《雪山飛狐》與《越女劍》，每天只有一個標題，不分回，更沒有回目。《飛狐外傳》連載於《武俠與歷史》，每期約 8,000 字，只有一個大標題與若干小標題，不分回。《素心劍》連載於《東南亞周刊》，

---

16 石娟：《〈新聞報〉副刊研究（1928~1937）—— 以文學 / 文化的商業運作為中心》（新北：花木蘭文化出版社，2015 年），頁 124。

17 本文只討論舊版與修訂版的分回情況，舊版包括連載版與書本版，修訂版包括明晚版與作品集版。新修版的分回情況由於與修訂版相若，因此不重複討論。

每期約 3,000 字，只有一個標題，也不分回。其餘十一部小說，連載時都分回，也有回目。當中，又以《天龍八部》最是特別，在回之上，還有「部」：全書連載時分為八部，每部設有八回。

舊版金庸小說在報紙、雜誌上連載後，都會出版單行本（《雪山飛狐》、《鹿鼎記》與《越女劍》除外），又可以分為三種情況：（1）報紙上的《書劍恩仇錄》、《碧血劍》與《射鵰英雄傳》，連載時每回長短不同，另《東南亞周刊》上的《素心劍》，連載時不分回；這四書出版單行本時，金庸重新分回（「分回」指重定每回起迄處，下同），每回長度相若，並新擬回目。（2）鄺拾記版六書（神、倚、白、笑、天、俠）與武史版的《笑傲江湖》，出版單行本時，通常以每七日的連載內容為一回（《白馬嘯西風》每一回約收錄十至十一日的連載內容），並新擬回目。（3）鄺拾記版的《鴛鴦刀》先後出版過兩種正版單行本，早期的九十頁本分為九回，與連載版相若，後期的六十六頁本全書不分回。

從 1970 年開始，金庸修訂改寫小說，先是連載於《明報晚報》（明晚版），繼而出版《金庸作品集》（作品集版）。兩版小說，金庸再次分回，或沿用舊有回目（但稍作修改），或新擬回目。

從舊版連載版到舊版書本版，再到明晚版與作品集

一九五九年三月十五日　星期日

雪山飛狐

金庸文　小莽圖

三五、舟中喋血

這樣一句豪氣奔放的話，從一個溫柔文雅的少女口中說出來，未免顯得有點不倫不類，可是眾人為故事中四個人當時外張內弛的情勢所懾，皆未在意。只聽她又道：「那位扮成郎中的公公再也忍耐不住，冷笑道：『你做了大官，身享榮華富貴，自然歡喜。只不知元帥爺現下心中如何？』那位大英雄後來做了皇帝，不過四個衛士一直叫他作元帥爺。

「那義兄嘆了口氣道：『唉，元帥爺定然寂寞得緊。待此間大事一了，我就指點三位兄弟去見他。』三人一聽，個個怒氣衝天，心道：『好哇，你還要殺害我們三人，叫我們到陰世去和元帥爺相會。』腳夫公公伸手入懷，就要去摸刀子。郎中公公向他使個眼色，提起酒壺向義兄斟了杯酒，說道：『那日九宮山頭別後，元帥爺到底怎樣了？』那義兄雙眉一揚，道：『今日約三位

眞話最使人傷心

兄弟來此，就是要說這回事。』叫化公公忽然伸手向他背後一指，叫道：『咦，那是誰來了？』

「那義兄轉頭去看，叫化公公與郎中公公雙刀齊出，一刀砍斷了他的右臂，一刀斬在他的背心，深入數寸。那義兄大叫一聲，回過頭來，突伸左臂，將兩人刀子奪了，擲入了滇池之中，手掌一探，已抓住了郎中公公的胸口穴道。臉色蒼白，喝道：『咱們四人義結金蘭，幹麼施暗算傷我？』郎中公公被他這一抓，登時動彈不得。腳夫公公挺刀叫道：『你害死元帥爺，賣主求榮，還有臉提到義氣兩字？』

「那義兄斗起一腳，將他手中刀子踢飛，大笑道：『好，好！有義氣，有義氣。』三人見他一臂被斬，身受重傷，竟然還是如此神勇，不禁都驚得呆了。那義兄笑聲甫畢，忽然流下淚來，說道：『可惜，可惜我大事不成！』隨即放鬆了郎中公公。叫化公公怕他忽施毒手，猛出一拳，正中他的胸膛。這一拳使的是重手法，力道驚人，那義兄『哇』的一聲，噴出一口鮮血，忽地提起手掌，擊在船舷之上，只擊得木屑紛飛，船舷缺了一塊。他苦笑道：『我雖受重傷，要殺却你們，仍是易如反掌。但你們是我好兄弟，我怎捨得啊！』

「那三人一齊退在船梢，並肩而立，防他暴起傷人。那義兄嘆道：『今日之事，千萬不可洩漏。若是給我兒子知道，你們三人不是他的對手。我當自刎而死，以免你們負個戕害義兄的惡名。』說著抽出單刀，在頸中一割，一交俯跌下去。腳夫公公心中忽然不忍，搶上去扶住，叫道：『大哥！』那義兄道：『好兄弟，做哥哥的去了。元帥爺的軍刀大有關係，他……他老人家是在石門峽……』這句話沒說完，咽喉流血，死在船中。

「三人望著他的屍身，又是難過，又是痛快，只見他用來自刎的那柄刀上刻著十四個字，認得就是那位大英雄的軍刀了。」

三五、謀殺嫌疑

《新晚報》1959 年 3 月 15 日連載的《雪山飛狐》，每天只要標題，但沒有回目。

明報　星期四　一九五九年七月三十日

神鵰俠侶　金庸　雲君圖

四：終南舊侶

《明報》1959 年 7 月 31 日連載的《神鵰俠侶》。從《明報》開始，金庸每天連載的小說，都會有回目與標題。

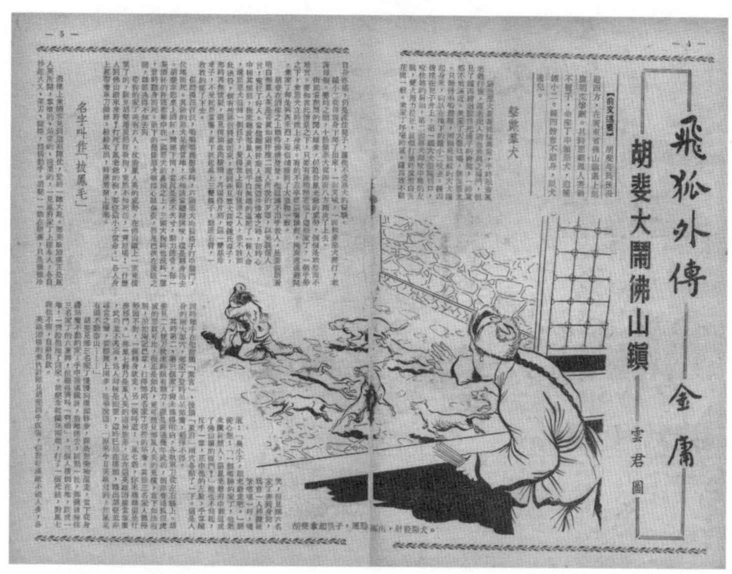
飛狐外傳　金庸　雲君圖

胡斐大鬧佛山鎮

擊斃羣犬

名字叫作「拔鳳毛」

《武俠與歷史》第十四期（1960 年 5 月 21 日出版）連載的《飛狐外傳》：「胡斐大鬧佛山鎮」為大標題，「擊斃羣犬」、「名字叫作『拔鳳毛』」為小標題。

版，歷經四個版次，每部小說的回數、每回起迄處與回目皆有所改變，茲列表如右，[18] 以顯示演變軌跡。

從右表不難發現：從舊版書本版開始，每有版本的轉變，金庸都會斟酌如何分回與擬定回目，以致回數與回目屢有改動。過去的研究也曾提及金庸在不同版本中如何改動回目或金庸小說的回目有何特點，[19] 只是，從

---

18 （1）表中第一個數字為回數，如《書劍恩仇錄》連載時共二十三回，以「23」顯示。

（2）有些小說有「引言」、「楔子」、「釋名」或「尾聲」，則在回數後面以「+1」或「+2」顯示。

（3）明晚版與作品集版，回數雖然大致一樣，但每回起迄處仍有不同。大抵，明晚版仍為連載版本，金庸隨改隨發表，每回長短或不相同。作品集版則在全書修訂完成後再調整每回內容，因此長短相若。

（4）第一次出現的「回目」，標示為「回目」。

（5）如果後一版回目與前一版回目，一半以上不相同，稱之為「新擬回目」。如果後一版回目與前一版回目相若，只有幾個回目稍作修改，則稱為「修改回目」。如果後一版回目根據前一版回目修改，但由於回數增加，金庸要新擬回目，則喚作「增加回目」。

（6）如果後一版回目乃據前一版回目修改而來，但回數減少了，仍喚作「修改回目」。

（7）「沒有書本版」指沒有正版授權的書本版，盜版小說即使分回，但非金庸本意，不是本文討論重點。

19 如（1）楊智：〈淺談金庸小說的回目特點〉，《北京市計劃勞動管理干部學院學報》總第 47 期，2004 年 12 月，頁 60-61。（2）羅賢淑：《金庸武俠小說研究》，中國文化大學中文研究所博士論文，1998 年，頁 98-106。（3）陳俊宏：《金庸小說三大版本研究》，台灣師範大學國文學系博士論文，頁 55-66。（4）邱健恩、鄺啟東：《流金歲月 —— 金庸小說的原始光譜》。

來沒有人從舊版連載版的回目看金庸小說的創作。

	舊版連載版	舊版書本版[20]	明晚版	作品集版
書	23 / 回目	40 / 新擬回目	20 / 新擬回目	20 / 修改回目
碧	18 / 回目	25 / 增加回目	12 / 修改回目	20 / 增加回目
射	45 / 回目	80+1 / 增加回目	40 / 修改回目	40 / 修改回目
雪	(不分回)	(沒有書本版)	10 / 回目	10 / 沒有回目
神	30+1 / 回目	109+1 / 新擬回目	40 / 修改回目	40 / 修改回目
飛	(不分回)	48 / 回目	19 / 新擬回目	20 / 增加回目
鴛	9 / 回目	9 / 修改回目	(不分回)	(不分回)
倚	33+2 / 回目	112+1 / 新擬回目	40 / 新擬回目	40 / 新擬回目
白	11 / 回目	9+1 / 修改回目	5 / 新擬回目	(不分回)
天	64+1 / 回目	140+1 / 增加回目	49 / 新擬回目[21]	50 / 新擬回目
素(連)	(不分回)	12 / 回目	12 / 新擬回目	12 / 修改回目
俠	20 / 回目	42 / 增加回目	21 / 新擬回目	21 / 修改回目
笑	30 / 回目	96 / 新擬回目	40 / 新擬回目	40 / 新擬回目
鹿	22+1 / 回目	(沒有書本版)	50 / 新擬回目	50 / 新擬回目
越	(不分回)			

20 舊版書本版指:(1)三育版三書(書、碧、射)、(2)鄺拾記普及本(神、飛、倚、白、天、俠)、(3)鄺拾記合訂本(鴛、素)、(4)武史版(笑)。

21 明晚版《天龍八部》最後一回為「第五十回　雁門關外」,理應有五十回,但「第三十八回　化敵為友」之後,直接跳至「第四十回　群豪大至」。因此,實際回數該為四十九。詳參邱健恩、鄺啟東:《流金歲月——金庸小說的原始光譜》,頁 334-335。

六、金庸小説回目的功能類型

論者或謂回目特徵在於「故事撮要」。[22] 然而，這種説法並不能完全適用於所有回目。「故事撮要」的先設條件是先有故事，才能根據故事內容摘取要點。然而，並非所有回目都是摘取故事內容要點而來。就以金庸的小説為例，從擬寫回目的「時間」與「功能」來看，上表各種版本的回目，又可以分為兩大類：第一類是舊版連載版回目，其餘各版回目則屬第二類。

所謂「時間」，是指金庸創作回目的時間。金庸創作舊版連載版的回目時，根本無從「看到」任何小説文字，腦袋內只有構想的情節與故事梗概。這種回目，可以稱為「預示型回目」。對於金庸來説，預示型回目在於提醒自己接下來的幾天以至幾十天，筆下小説的創作方向。連載版寫出來後，金庸出版單行本時，根據自己已寫下來的小説文字，按字數、篇幅長短而分回。這時的金庸，是先看完小説文字後，才擬定回目，因此，回目具備概括一回要旨（撮要故事）或揭示一回重點的功能。這種回目，可以稱為「概括型回目」。由此可見，舊版連載版的回目，性質完全不同於其後各版的回目。

審視舊版連載版的回目與小説內容，以及用以比對

22 陳美林、馮保善、李忠明：《章回小説史》，頁 23。

其後各版的內容與回目，能夠從中窺探金庸創作思路的轉變歷程。第一、金庸最初創作小說時，對於小說未來的走向，只有初步朦朧的構思。舊版連載版的分回與回目最能體現這個情況。就以《書劍恩仇錄》為例，1955年在《新晚報》連載時，共有二十三回，每回涉及的連載續數（金庸以「續」為每日連載的單位，「一續」指一天的內容，「二續」指兩天的連載內容，如此類推）並不相同，而且差異甚大（回目前的數字為回數，回目後括號中的數字指續數，即連載了多少天）：

01 塞外古道上的奇遇（16）	02 紅布包袱（18）
03 鐵膽莊（17）	04 紅花會群雄（16）
05 群雄大鬥鐵膽莊（17）	06 經書與短劍（30）
07 渡口夜戰（28）	08 各有因緣莫羨人（16）
09 拔劍揚眉散黃金（11）	10 長嘯湖上碧水寒（29）
11 萬馬奔騰海潮生（13）	12 窮智竭力三日夜（63）
13 箕踞談笑折至尊（29）	14 不辭萬里苦隨君（38）
15 他既無心你便休（12）	16 氷河映日雪中蓮（23）
17 黃衫鏖兵黑水營（35）	18 白玉峯前翡翠池（67）
19 騎驢負鍋隱大俠（17）	20 恩怨到頭一筆勾（36）
21 魂斷長城縱極目（17）	22 深宮重重伏甲兵（14）
23 歌終月缺浩浩愁（13）	

不難發現，金庸創作《書劍恩仇錄》初期，尚且能夠限制自己每一回寫十多天，各回長度相若；但從第六回開始，每回長短差異甚大，最多的有六十七續，最少

的只有十一續。這反映金庸在創作回目時，腦袋中只有故事梗概，而無嚴謹規劃。然而，楊照說：

> **從前的武俠小說慣常以連載方式來發表與創作，一部大長篇故事每天只寫一小段，天天寫，一段一段連接起來，可能要一兩年才寫得完。邊寫邊連載的過程中，很多作者照顧不到讓故事情節前後統一，更不必提要如何設計、推進小說架構了。可是金庸的許多作品呈現了井然的結構，讓你不得不相信，在動筆之前，金庸已經將未來兩年內要寫的內容，都想得清清楚楚了，然後以近乎不可思議的耐心與毅力，執行、實現那份設計藍圖。**[23]

單從舊版連載版《書劍恩仇錄》的回數與續數來看，完全沒有楊照所謂「井然的結構」的痕跡。楊照這番說話，顯然是根據書本版而來的；三育版《書劍恩仇錄》共有八集，每集五回，每回篇幅相若，而且回目皆為七字句。作品集版共有上下兩集，每集十回，每回篇幅也相若，回目皆為七字對句。也就是說，楊照是根據

---

23 楊照：《曾經江湖》，頁 11。

舊版書本版或作品集版的文本來對舊版連載版下評價。楊照所論顯然與事實不符。

七、預示型回目與金庸創作小說

事實是金庸隨寫隨構想，而情節的走向更是隨着故事中人當下的言談與行動而展開，舊版連載版回目所呈現的，是金庸如何受上一段情節感悟，從而構思出下一段情節的發展方向，至於寫些甚麼，場中眾人實際該如何演出，就得看金庸每日創作時思路往哪個方向走了。可以肯定的是，金庸當下創作時，除了考慮每段故事情節如何往下發展，配合布局結構，還得考量當日所寫的細節是否能夠吸引讀者，而在實際創作時，很明顯地金庸更看重的是當下的能取悅讀者（讓故事變得好看）的靈感。

就以舊版連載版第十二回「窮智竭力三日夜」為例，金庸一寫就是六十三天。金庸想出這個「回目」，肯定有初步規劃，寫紅花會如何在三天內與乾隆鬥智鬥力，既考謀劃又比武力。從故事結構看，金庸先是設計了兩場大戲：紅花會殺入軍署救人，失敗後轉去搶當時由王維揚親身押運的回族玉瓶，唯有如此才能呼應回目「窮智竭力」。然而，在實際寫作時，為了讓故事好看，金庸還加插了其他細節。營救文泰來由徐天宏布局，紅花會兵分幾路，有人放火製造混亂，有人與軍署清兵對撼，又有一批人闖入軍署到處找文泰來。《新晚報》1955 年 9 月 10 日，金庸在當天連載最後一段，放了鈎子：

> **清兵各挺刀槍迎戰，章進兩柄板斧著地捲去，兩旁楊成協與衛春華各率會眾猛衝過來。清兵且戰且退，成千官兵擠在演武場上，被紅花會會眾分成一堆堆的圍攻。**

讀者讀到「分成一堆堆圍攻」，或會以為大勢底定，紅花會不用再有甚麼大動作，就可以解決清兵。哪知道翌日，讀者看到的卻是峰迴路轉的劇情：徐天宏「臨時」動念，請駱冰去外面找周綺用鑊子燒水，並把水龍隊調進來。由於燒水需要時間，金庸於是筆鋒一轉，把描寫重點落在紅花會一眾當家找兵丁問文泰來下落。無塵道長遍尋不獲，氣得仗劍殺了七、八個清兵。李可秀雖然奮力抵抗，但徐天宏最終把燒開的熱水裝在水龍噴向清兵。清兵為熱水所傷，李可秀無計可施，又被章進持兵器來襲。李沅芷忽然現身相救，章進不認識李沅芷，繼續追趕。後來趙半山認出李沅芷是陸菲青徒弟，就打算放過兩人，請章進不要再追。眾人繼續找尋文泰來，忽然一蒙面男子出現，説要帶路。

在徐天宏原來的布局中，水龍用來裝熱油噴向清兵。後來再裝熱水攻擊演武場上的兵士，並非原來的計劃，而是徐天宏因為看到場上清兵仍然有千多人，而「一時之間不易將之全部壓服」，所以臨時「起義」，加演「燒熱水襲清兵」的戲碼。雖然這段情節只寫了250多字，但描述的過程相當緊湊，在每日連載的那段日子，讀者應該看得相當過癮。然而，這是金庸構思「窮智竭力三日夜」的原來劇情嗎？徐天宏獲譽為武諸葛，理應算無遺策，但臨時指揮燒水，又是否符合紅花會軍師的人設？

不止如此，同一天的連載中還有章進追擊李可秀父女，後被趙半山勸退。這段200字的小插曲，又是不是金庸當初規劃「紅花清廷三天大鬥法」預想的情節？幾十年後的今天，當然無復稽考，但《書劍恩仇錄》寫完後二十年（1975年），金庸重看昔日創作，認為這兩段情節於故事結構沒有密切關係，而最終刪去。當年一天連載900多字，金庸刪掉了一半，這多少能夠反映出當年的創作實況：回目是故事的大框架，至於如何推進情節，還得看每天創作時的心思意念。

八、從新舊回目差異看創作原意

再舉一個例子：舊版《笑傲江湖》首回「賣酒少女」，1967 年開始連載時，金庸一共寫了三十五天，從第三十六續開始，就是第二回「金盆洗手」。按道理，回目既然叫「賣酒少女」，故事應該以岳靈珊假扮的醜女為主軸，但實際並非如此，試看右表。

從表格可以看出：首回回目雖然是「賣酒少女」，但醜女只出現在第三續與第四續，金庸只給岳靈珊配上一句對白：「要甚麼酒？」在林平之仗義相救，殺掉余人彥後，醜女從此人間蒸發。到了第十四續，雖然金庸再次提到酒女（林氏父子在酒店床底下發現不應該屬於賣酒少女身分的價值不菲的珍珠，以及一方錦帕），但只是側寫，酒女並沒有出現。一直到第三十一續，也就是首次出現後的第二十七天，醜女才再次上場。岳靈珊一連演了六天，先是以華山派武功擊退賈人達，在暴露身分後，又請青城派弟子喝毒酒（其實根本沒有毒），實則是想救林平之：岳靈珊把迷藥（降龍伏虎丸）混在酒水中，林平之心想橫豎是死，毅然喝下毒酒，假死後被岳靈珊埋葬，因而逃過一劫。

續	當天標題	連載內容概述
01	威福鏢局，有福有威[24]	（1）林平之打獵、（2）福威鏢局背景
02	林家祖傳三絕技	
03	荆釵布裙，青衫當鑪	（1）醜女出現、（2）青城派弟子出場
04	林氏祖傳「翻天掌」	（1）描寫醜女面貌、（2）林平之抱打不平
05	一把金柄匕首	林平之不敵，以匕首刺死對方
06	多半是大盜劇賊	福威鏢局鏢師處理現場
07	旱煙桿對鷄毛羽帚	（1）林氏父子過招、（2）林鎮南談青城派
08	十五吊桶七上八下	林氏父子對話
09	九十四位鏢師	（1）有鏢師死了、（2）林氏父子繼續對話
10	離奇暴斃威脅鏢局	林鎮南追問情況
11	連説了三句「很好」	林氏父子對話，林鎮南追問細節
12	史鏢頭突然失踪	調查史鏢頭失蹤事件
13	重回酒店，發掘屍身	林氏父子回到酒店發掘屍體
14	一塊錦帕，一顆珍珠	在酒店內發現醜女遺下的珍珠與錦帕
15	菜園之中，奇變迭生	發現史鏢頭與陳七屍身
16	豈能任人這種欺辱	眾人回到鏢局，發現鏢局旗子掉在地上
17	要他保護母親	眾人商量對策
18	二十幾條人命	很多鏢師死了
19	就是怕了這口金刀	又有很多鏢師死了
20	假做壽邀友相助	商討對策，請人助拳
21	「出門十步者死」	鏢局門外有人寫了「出門十步者死」
22	大難臨頭各自飛	有鏢師不辭而別
23	林平之袒胸叫陣	逃走的人死了，林平之發狂衝出門叫陣

24 「威福鏢局」該作「福威鏢局」，該為手民之誤。比《明報》更早連載《笑傲江湖》的新加坡《新明日報》，1967 年 3 月 18 日首天連載的標題，就是「福威鏢局 有威有福」。

續	當天標題	連載內容概述
24	青城派的「摧心掌」	林鎮南剖屍調查鏢師死因
25	一百餘人，一鬨而散	林鎮南分錢給各人，鏢師分頭離開
26	無聲無色，毒辣無比	林氏三人到了客店，發現所有人已被害
27	踢得連翻幾個觔斗	林鎮南與青城派人動手
28	松風觀四大弟子	于人豪指出余滄海兒子死於林平之之手
29	小頭小臉，胡說八道	林氏一門三人與青城派弟子打了起來
30	武功算是倒數第一	林氏一門全部敗陣被制住
31	「你怎麼到了這裏？」	青城派人打贏後想要吃飯，醜女出現
32	請喝「七孔流血酒」	醜女輕易打敗賈人達，被認出是華山派弟子
33	十週歲時的生日禮	醜女請眾人喝毒酒
34	黃金匕首擲向胸口	醜女以奇特手法擲出飛刀解開林平之穴道
35	三杯毒酒一口喝乾	青城派眾人不肯喝，林平之把毒酒喝了[25]

舊版連載版後來出版單行本，金庸為武史版《笑傲江湖》頭五回起的回目分別是：福威鏢局、惡鬼索命、人命關天、藝不如人、慨飲毒酒。「賣酒少女」四字作為《笑傲江湖》開篇回目，完全沒有保留下來。1977年金庸改寫《笑傲江湖》，「醜女與六杯毒酒」的情節雖然保留下來，但回目分別是「福威鏢局」與「青城弟子」。一年之後（1978年），作品集版修改了回目，金

25 第一回「賣酒少女」只寫到第三十五續，從第三十六續開始屬第二回「金盆洗手」，首天連載標題是「想個兩全其美的法子」，寫的內容卻是承上回的內容「醜女再倒三杯毒酒，林平之又把酒喝掉」。

庸用「滅門」二字，概括了首回內容。不獨如此，金庸又刪去「以六杯毒酒救林平之」，改為勞德諾夥同岳靈珊救出林平之。也就是說，舊版連載版中「賣酒少女」的重要情節，給徹底刪去，只保留了意外牽動林平之殺死余人彥的情節。

作為「預示型回目」，舊版連載版的回目反映了金庸創作小說時最原始的想法。「賣酒少女」作為《笑傲江湖》開篇，給讀者許多預告：岳靈珊身分「顯耀」(富有、武功高、足智多謀），旨在反映所屬的華山派是五嶽劍派之首（金庸在舊版《笑傲江湖》故事初段的想法）、華山派的武林地位很高，為日後的故事埋下許多伏線。只是，金庸創作時，隨着故事中人的發展，以及當下的靈感而改變了原來的思路。金庸透過修改小說，更正原來的思路，又透過重新擬定回目，再一次確認修訂版以至新修版小說的全體結構。從「賣酒少女」到「福威鏢局」再到「滅門」，正是這種思維轉變的最佳明證。

舊版連載版的回目，無疑是了解金庸小說創作原始最有力而實在的提示。

九、結語：從鈎子與回目反思金庸小說的文獻整理與研究

本文以舊版連載版的小說文字為研究文本，找出鈎

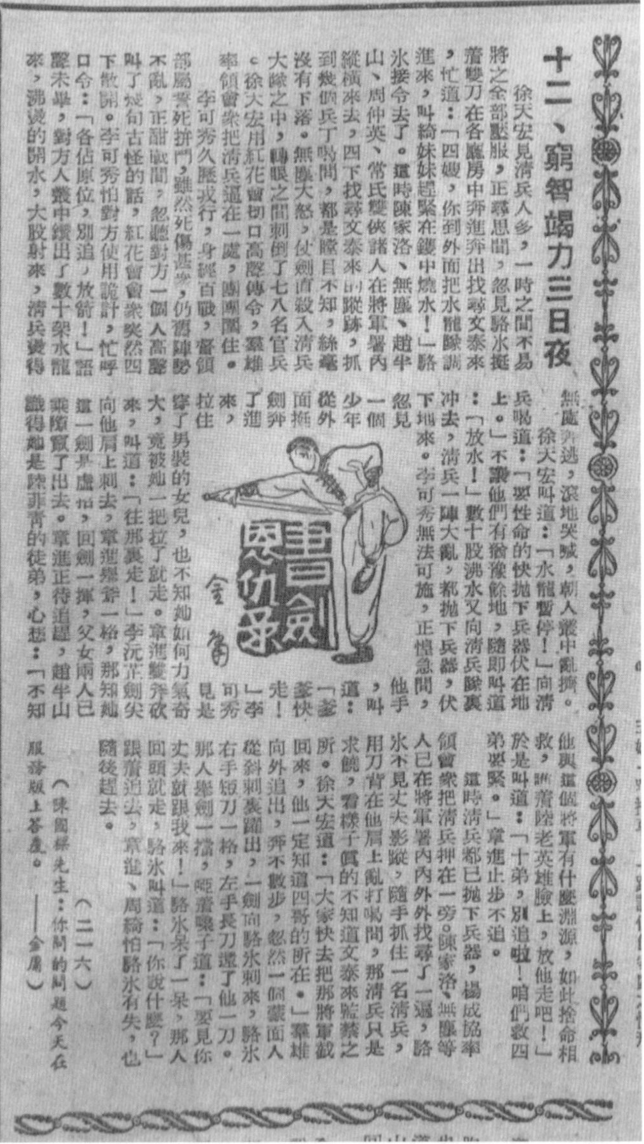

書劍恩仇錄　金庸

十二、窮智竭力三日夜

徐天宏見清兵人多，一時之間不易將之全部懾服，正尋思間，忽見駱冰挺着雙刀在各廳房中奔進奔出找尋文泰來，忙道：「四嫂，你到外面把水龍隊調進來，叫綺妹妹趕緊在鑊中燒水！」駱冰接令去了。這時陳家洛、無塵、趙半山、周仲英、常氏雙俠諸人在將軍署內縱橫來去，四下找尋文泰來的蹤跡，抓到幾個兵丁喝問，都是瞪目不知，絲毫沒有下落。無塵大怒，仗劍直殺入清兵大隊之中，轉眼之間刺倒了七八名官兵。徐天宏用紅花會切口高聲傳令，羣雄率領會衆把清兵逼在一處，團團圍住。

李可秀久歷戎行，身經百戰，督領部屬誓死拚鬥，雖然死傷甚衆，仍舊陣勢不亂，正酣戰間，忽聽對方一個人高聲叫了幾句古怪的話，紅花會衆突然四下散開。李可秀怕對方使用詭計，忙呼口令：「各佔原位，別追，放箭！」語聲未畢，對方人叢中鑽出了數十架水龍來，沸燙的開水，大股射來，清兵燙得無處奔逃，滾地哭喊，刺入叢中亂擲。徐天宏叫道：「水龍暫停！」向清兵喝道：「要性命的快拋下兵器伏在地上。」不讓他們有猶豫餘地，隨即叫道：「放水！」數十股沸水又向清兵隊裏冲去，清兵一陣大亂，都拋下兵器，伏下地來。李可秀無法可施，正惶急間，忽見一個少年從外面挺劍奔了進來，拉住他手，叫道：「爹爹快走！」李可秀見是穿了男裝的女兒，也不知她如何力氣奇大，竟被她一把拉了就走。章進雙斧砍來，叫道：「往那裏走！」李沅芷劍尖向他肩上刺去，章進舉斧一格，那知她這一劍乃虛招，回劍一揮，父女兩人已乘隙竄了出去。章進正待追趕，趙半山識得她是陸菲青的徒弟，心想：「不知他與這個將軍有什麼淵源，如此捨命相救，讓着陸老英雄臉上，放他走吧！」於是叫道：「十弟，別追啦！咱們救四弟要緊。」章進止步不追。

這時清兵都已拋下兵器，楊成協率領會衆把清兵押在一旁。陳家洛、無塵等人已在將軍署內內外外找尋了一遍，駱冰不見丈夫影蹤，隨手抓住一名清兵，用刀背在他肩上亂打喝問，那清兵只是求饒，看樣子眞的不知道文泰來監禁之所。徐天宏道：「大家快去把那將軍截回來，他一定知道四哥的所在。」羣雄向外追出，奔不數步，忽然一個蒙面人從斜刺裏躍出，一劍向駱冰刺來，駱冰右手短刀一格，左手長刀還了他一刀。那人舉劍一擋，啞着嗓子道：「要見你丈夫就跟我來！」駱冰呆了一呆，那人回頭就走，駱冰叫道：「你說什麼？」跟着追去，章進、周綺怕駱冰有失，也隨後趕去。

（二一六）

（陳國樑先生：你問的問題今天在服務版上答覆。——金庸）

《新晚報》1955 年 9 月 11 日連載《書劍恩仇錄》第二一六續。

子與回目，透過比對各版文字，排列資料，探索金庸如何「處理」鈎子與回目，從而評論舊版連載版小說有何獨有的閱讀價值。研究的結果帶出三個方向的反思：

第一、反思如何真確而全面地研究金庸小說：要正確評價金庸小說，不能只透過閱讀經修改後的版本。唯有認真比對各版差異，或以其他版本作為對照文本，才能明白金庸小說在長達五十年的創作長河中如何一步一步地發展，以及給予每個時期的小說最恰當的評價。

第二、反思副文本如何有助研究金庸小說：金庸小說以「連載」形式面世，除了文字內容外，研究舊版小說時還應考慮到其他副文本問題，諸如位於一篇開首處的回目，以及位於每日連載結尾處的最後訊息，都是研究舊版金庸小說不能忽視的線索。

第三、反思如何保留與整理金庸小說文獻：隨着時間向前發展，舊日資料不斷消失。金庸小說的原始文獻也逐漸湮沒。如何保留與整理舊日文獻，讓遺留下來的文獻更接近當日原貌，從而提供給日後的研究使用，是當下研究金庸小說、整理小說文獻急需面對的任務。

本文首次發表於中國武俠文學學會舉辦的

「百年金庸 · 魅力永存的想像世界」學術交流會

2024 年 3 月 12 日

浙江大學

七步成「書」——《書劍恩仇錄》六變七版文本考

一、釋名．解題．背景

（一）金庸小說「版」的內涵

眾所周知，金庸小說有不同版本，但「版」在金庸小說中至少有四個意思：

(1) 從創作系統分期來說，「舊版」、「修訂版」與「新修版」中的「版」，指金庸在不同時間「創作」（包括改寫與修訂）[1] 出來的小說。

---

1 金庸一直用「修訂」二字來稱呼從 1970 年展開的修改小說，第一次大規模修訂的叫做修訂版，第二次大規模修訂的稱為「新修版」。然而，李以建在〈以經典文學「改寫」的金庸小說〉中把金庸修訂小說的工作再細分為「修訂」（文字上的修訂）與「改寫」（再創作）。詳參《金庸小說與二十世紀中國文學》（香港：明河社出版有限公司，2000 年），頁 90。《金庸小說與二十世紀中國文學》為在美國科羅拉多大學召開的「金庸小說與二十世紀中國文學國際學術研討會」會後出版的論文集，李以建為責任主編。

(2) 指同一出版社不同批次印刷出來的小說。如「明河社」出版的《金庸作品集》，會在書後的版權頁以「一九七七年元月再版」、「一九八二年三月五版」、「二〇〇五年八月廿三版」。無論是第幾版，基本上都是以原版重印（或稍稍訂正文字），因此，出版界後來常用另一個名稱「刷」（如一版二刷、一版十三刷），明河社不用「刷」，而是用「印版」，如《鹿鼎記》第二集版權頁上寫「二〇〇七年八月第廿九次印版」。

(3) 指不同地方與出版社印刷出版的金庸小說，如內地三聯出版社的「三聯版」、「朗聲版」，台灣出版的「遠景版」、「遠流版」、「眾利版」、「吉明版」[2]，還有「東南亞版」。

(4) 指用不同裝幀方法或因為特殊原因而出版的金庸小說，包括換封面、不同開本、改字型大小、重新排

---

2 1979 年，遠景出版社獲授權出版金庸小說，世稱「遠景版」。2000 年，眾利書店出版舊版故事的《碧血劍》與《射鵰英雄傳》（只出版了兩部小說），坊間稱為「眾利版」。1979 年前，台灣有很多金庸小說的盜印本，其中吉明書店發行了《英雄傳》（也就是《射鵰英雄傳》）、《神鵰俠侶》等書，都取材自舊版故事，吉明書店的版本，稱為「吉明版」。

版等。光是遠流出版社，出版過的《金庸作品集》就有「藍皮版」、「綠皮版」（以上為開本較小的「文庫版」，另外還有「花皮文庫版」）、「典藏版」（精裝書）。至於常見的「平裝版」，早期有「黃皮版」（或稱「黃山版」），後來有「花皮版」、「e 世代版」，最新又出了新版的「亮彩映象版」等。香港明河社有「袖珍版」（開本與文庫版一樣），內地朗聲出版社有「故鄉版」[3] 等。

（二）研究正文本的生成過程

除了「舊版」、「修訂版」、「新修版」三個名稱直接與文本內容相關，其餘各「版」都與出版、印刷與裝

---

3 「黃皮版」以黃山的照片為封面，由於書脊為黃色，因而得名。「花皮版」的封面圖取材自「富春山居圖」。2000 年，遠流推出「e 世代版《神鵰俠侶》」。邱健恩說：「昱泉國際推出『新神鵰俠侶光碟遊戲』，請來平凡與淑芬兩人，繪製人物設定圖。……遠流出版公司……順勢推出《e 世代版神鵰俠侶》，小說的封面便是用上平凡、淑淑芬為遊戲畫的人物插圖」。詳參邱健恩：《漫筆金心：金庸小說漫畫大系》（台北：遠流出版社，2019 年），頁 541。2024 年 3 月，為紀念「金庸百年」，朗聲出版社在金庸故鄉海寧特別推出「故鄉版」的《書劍恩仇錄》，由李志清重新繪製封面。

幀有關，那是屬於「副文本 paratext」的範疇，[4] 而非與文字內容相關的正文本問題。本文標題中的「版」與「文本」，都專指「正文本」，而討論的重點是：以《書劍恩仇錄》為對象，探討小說的文本形成過程中的種種問題。同時，由於文本生成分為不同階段，也因此涉及不同階段文本的差異面貌，以及為何會出現這些差異。

之所以選擇《書劍恩仇錄》，一則因為那是金庸第一本小說，經歷時間最是久遠，二則因為文本最多，最能看到金庸小說的生成過程。

（三）研究材料

要完成討論工作，就得有不同的原始材料。筆者經過多年累積，透過各方友好幫助，收集到以下材料：

(1) 《新晚報》上連載的《書劍恩仇錄》（舊版連載版）：從 1955 年 2 月 8 日至 1956 年 9 月 5 日，歷經五百七十六天，扣除 1956 年 2 月 12 日年初一停刊一天沒有連載，前後共計五百七十五續。這是最

4 金宏宇謂：「這是法國文論家熱奈特在談跨文本類型的一篇文章提出的概念。……『副文本』是相對於『正文本』而言的……它可以涵蓋封面、插圖、標題、副標題、題詞或引言、序跋、注釋、廣告等正文本之外的文字內容和圖像內容……」詳參金宏宇：《新文學的版本批評》（武漢：武漢大學出版社，2007 年），頁 8。

原始的《書劍恩仇錄》。

(2) 三育圖書文具公司出版的《書劍恩仇錄》（舊版書本版）：從 1956 年 3 月到 9 月，全部共八集。

(3)《明報晚報》上的《書劍恩仇錄》（明晚版）：從 1970 年 10 月 1 日至 1971 年 4 月 3 日，歷經兩百零五天（兩百零五續）。

(4) 明河社 1975 年出版的《金庸作品集·書劍恩仇錄》（作品集一版），共兩集。

(5) 明河社 1985 年以後出版的《金庸作品集·書劍恩仇錄》（作品集二版），共兩集。

(6) 遠流出版社的 2001 年大字本《金庸作品集·書劍恩仇錄》（新修一版），共四集。

(7) 遠流出版社 2003 年軟精版《金庸作品集·書劍恩仇錄》（新修二版），共兩集。

在討論金庸小說的文本時，最需要的材料還有手稿，但金庸是在七十年前創作《書劍恩仇錄》，就連修訂版，也距今五十年了，那時候大家並不懂得重視還活着的人的手寫資料，以致舊版與修訂版的手稿，已經絕少保存下來。至於新修版的手稿，有各次修改稿，出版社都全部保留下來。

報紙、書冊與手稿，屬紙本材料，但要精準研究文本演變，還要有「人」。金庸雖然身在香港，但新修版的編輯工作卻是由台灣遠流出版社的編輯負責。新世紀前後，金庸再次全面修訂小說，從出版社 1999 年收到手稿開始算起，到 2006 年新修版《鹿鼎記》面世，前後歷經七個年頭，遠流出版社的編輯都參與其中，可以以參與者身分告訴世人，當年的新修版到底如何百鍊而成。

二、《書劍恩仇錄》文本考一：到底有多少個文本

在現代武俠小說中，金庸小說的修改次數可謂最多，但到底改了多少次呢？如果以金庸每動筆一次就算一次，實際次數相信已不可考。就以新修版為例，每部小說修改好後，金庸會把稿件寄到台灣，編輯把處理好（打字、排版、校對）的稿件寄回香港，讓金庸再審閱與修改。這種「金庸→遠流→金庸」寄去寄回的過程稱為「一次」。新修版的生成，往往歷經多次而成。如金庸在新修版《天龍八部》「後記」中說「**前後共歷三年，改動了六次**」。然而，從現存的手稿來看，可以視作「一次」的手稿，往往有多次修改的痕跡，因此說已不能清楚考定「動筆」次數。

比較合理的計算方法是：如果印刷後有新的文本

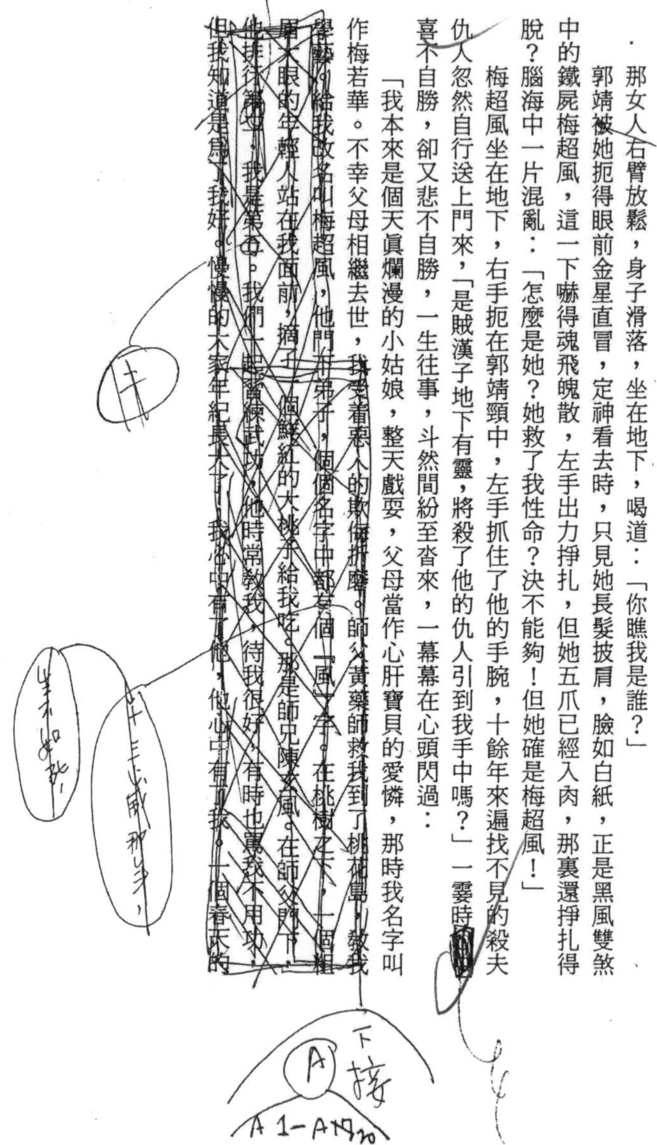

那女人右臂放鬆，身子滑落，坐在地下，喝道：「你瞧我是誰？」

郭靖被她扼得眼前金星直冒，定神看去時，只見她長髮披肩，臉如白紙，正是黑風雙煞中的鐵屍梅超風，這一下嚇得魂飛魄散，左手出力掙扎，但她五爪已經入肉，那裏還掙扎得脫？腦海中一片混亂：「怎麼是她？她救了我性命？決不能夠！但她確是梅超風！」

梅超風坐在地下，右手扼在郭靖頸中，左手抓住了他的手腕，十餘年來遍找不見的殺夫仇人忽然自行送上門來，「是賊漢子地下有靈，將殺了他的仇人引到我手中嗎？」一霎時間喜不自勝，卻又悲不自勝，一生往事，斗然間紛至沓來，一幕幕在心頭閃過：

「我本來是個天真爛漫的小姑娘，整天戲耍，父母當作心肝寶貝的愛憐，那時我名字叫作梅若華。不幸父母相繼去世，我受着惡人的欺侮折磨。師父黃藥師救我到了桃花島，教我學藝，給我改名叫梅超風，他門下弟子，個個名字中都有個『風』字。在桃樹之下，一個圓大眼的年輕人站在我面前，摘了一個鮮紅的大桃子給我吃。那是師兄陳玄風。在師父門下他排行第二，我排第六。我們一起習練武功，他時常教我，待我很好，有時也罵我不用功，但我知道是為了我好。慢慢的大家年紀長大了，我心中有了他，他心中有了我。一個春天的

以上為新修版《射鵰英雄傳》第一次修訂稿，但不難發現，這一次修訂稿已包含了至少兩次修改的痕跡。金庸先是在原文「**我受著惡人的欺負折磨**」後加上「**生不如死，十三歲那年，**」但後來金庸索性刪去「**不幸父母相繼去世，**」後的所有文字，連同新加的「**生不如死，十三歲那年，**」也一併刪去。最後，金庸決定改寫整段情節，因此，插入了長達二十頁的內容。

出現，就是「一版」。一部小說，無論改了多少次，一天不印刷出來，都不能算「一版」。相反，即使同屬一「輪」的修訂行為，但如果邊修訂邊印刷發表，讓讀者看到，每印一次就算「一版」（加印再版時，如果只是修改了一些錯誤地方，並不計算在內）。

（一）五變六版

2023 年，筆者曾在《流金歲月 —— 金庸小說的原始光譜》中提出「五變六版」的說法，謂金庸小說曾歷經五次重大修改，前後共有六個文本。這六個文本分別是：

1. 舊版連載版

也就是 1955 年 2 月 8 日到 1956 年 9 月 5 日在《新晚報》上連載的最古老與最原始的版本。

2. 三育版

這是第一次修改的版本。對於這個版本，有兩點必須說明。

第一、三育版《書劍恩仇錄》曾多次再版印刷，從現存資料來看，金庸曾在再版時稍稍修改了回目。如 1956 年 3 月初版的第一回回目是「古道駿馬驚白髮」，

第二回回目是「險峽神駝飛翠翎」，一年之後再版時，第一回回目改為「邊郊白馬驚華髮」，而 1958 年再次印刷時，第一回回目又恢復為「古道駿馬驚白髮」，反而是第二回回目改了一個字「險峽神駝躍翠翎」。到了 1959 年 9 月再版時，第一回回目又改了一個字「古道駿馬驚華髮」，至於第二回回目，又不用「躍」字，恢復如初：險峽神駝飛翠翎。也就是說，每再版一次，金庸都改一次。按道理，只要有新文本出現，都算作一版，四個回目就是四版了。然而，由於沒有深入比對各版原文是否有很大的改動，因此，依舊視三育各版的《書劍恩仇錄》為同一個文本。

第二、《流金歲月 —— 金庸小說的原始光譜》指出，三育版之於舊版連載版，共有四個不同的地方：校正文字、修改原文、重訂章節、配置插圖。其中的「修改原文」又可以分為兩個方向：一是刪掉每天連載時用來銜接上下文的文字，二是內容方面也經過金庸的初步審閱與訂正。[5] 然而，當深入比對舊版連載版與三育版文本後，不難發現，金庸在三育版中的改動，已非「訂

5　邱健恩、鄺啟東：《流金歲月 —— 金庸小說的原始光譜》（台北：遠流出版社，2023 年），頁 36-47。

正」那麼簡單，而是切切實實的增、刪、改寫了。[6] 如《新晚報》1955 年 4 月 16 日這段文字：

> **……不如去重重敲周仲英一筆，大家拿來分了，落得實惠。張召重、成璜、瑞大林等都是有功名的……**

一年之後，三育版這段情節，赫然多了 99 個字（着重號所顯示文字）：

> **……不如去重重敲周仲英一筆，大家拿來分了，落得實惠。而且鐵膽莊窩藏欽犯，落不了干係，還怕不乖乖拿銀子出來？張召重和陸菲青是同門，知道他的厲害，不敢造次，又聽說瑞大林等商量着要去敲詐周仲英，覺得未免行為低下，但談到了錢，也不便阻人財路，只得讓他們胡來。成璜、瑞大林等都是有功名的……**（三育版《書劍恩仇錄》第二集，1956 年，頁 4）

---

6 「增」、「刪」、「改寫」是金庸在《明報晚報》上連載修訂版小說時的版頭的用語：「有增有刪　大段改寫」、「增刪潤飾　大段改寫」。

可見金庸早在創作武俠小說的第二年，已經預示日後必會「大幅」增刪改寫小說文本了。

由於金庸須花時間修改小說，導致三育版單行本出版時間嚴重延緩，以致給盜版商搶佔先機，出版「爬頭本」(比正版小說出版時間更早)。從《神鵰俠侶》開始，金庸改變策略，不再出版經修改後的單行本。因此，實際上只有「書、碧、射」三部小說歷經第一變，而衍生出第二版的文本。

3. 明晚版(修訂初版)

金庸在修訂版《鹿鼎記》的「後記」中曾說:「修訂的工作開始於一九七〇年三月」。這個時候,《鹿鼎記》已經在《明報》上連載了五個多月。然而，金庸到底是何時動念要全面修改小說呢?

1969 年 10 月出版的文學雜誌《純文學》第五卷第四期(總第卅一期)，裏面有金庸的訪問特輯，林以亮採訪，陸離紀錄。金庸在訪問中說:

> **我這樣每天寫一段，從不修飾，這其實很不應該。……將來有機會，真要大大的刪改一下，再重新出版才是。**(頁 178)

同一期《純文學》中，還有林以亮撰寫的〈金庸的武俠世界〉中，裏面有這麼一段：

> **最近，據我們所知，金庸正在拿以前的作品加以整理和修潤，並預備出一個標準的重訂版。**（頁 168）

雜誌在 10 月出版，金庸卻是在 1969 年 8 月 22 日晚上九點到十點接受訪問的（在金庸位於香港大坑道的書房內）。也就是說，金庸動念全面改寫小說，從現存資料來看，最早可以追溯到創作《笑傲江湖》的晚期，《鹿鼎記》與《越女劍》這時仍在胎動。這正好解釋了為甚麼在《笑傲江湖》單行本之後，金庸沒有為《鹿鼎記》出版單行本（現在坊間可以看到的舊版《鹿鼎記》，都是盜版小說）。因為在寫《鹿鼎記》之前，金庸已經啟動改寫計劃。既然不久的將來會有改寫過的正式版本《鹿鼎記》，旗下的武史出版社就不用再出版初稿版的《鹿鼎記》了。

「明晚版」就是指從 1970 年 10 月 1 日開始在《明報晚報》上連載的金庸小說，與香港明河社 1974 年時陸續推出的《金庸作品集》，同屬修訂版。由於《明報晚報》沒有保存下來，很多人都只看過《金庸作品集》

而沒有看過《明報晚報》上的金庸小說，以致誤以為兩者文本相同（或根本不知道有明晚版）。不過，金庸其實早已告訴讀者，兩個版本並不相同：

> **「碧血劍」曾作了兩次頗大修改。**（《碧血劍》「後記」，1975 年）
>
> **現在重行增刪改寫，先在「明報晚報」發表，出書時又作了幾次修改……**（《雪山飛狐》「後記」，1974 年）

1980 年 4 月 8 日，《書劍恩仇錄》「化名」《書劍江山》，在台灣《聯合報》上開始連載，金庸寫了自序交代創作背景，第一句就說：

> **「書劍江山」是我所寫的第一部武俠小說，其後作過兩次較重大的修改……**（金庸〈自序「書劍江山」在聯合報連載〉）

1980 年之前有「兩次較重大的修改」，指的正是 1970 年的明晚版與 1975 年的《金庸作品集》一版。

由此可見，金庸早就明明白白宣稱，《明報晚報》與《金庸作品集》上的文本實為兩次修訂的結果。

明晚版在金庸小說中非常重要，是舊版朝向新版的第一階段蛻變，也是最重要的一次蛻變。可以想像的是：自從小說面世，不斷有人對故事情節人物提出評價與看法，金庸本人也對舊版故事與人物有不滿之處，到了 1970 年修改時，金庸首要做的，自然是把積累了這十多年的想法一次過在首次大修訂的過程中呈現出來。「更改故事線」與「重塑人物形象與性格」是明晚版的重要任務。[7] 與 1974 年開始出版的「作品集一版」、1985 年再次全面訂正的「作品集二版」相比，明晚版在修訂

7 說明晚版率先修改了舊版的問題，當然也有例外情況。舊版《射鵰英雄傳》中，一陽指本是中神通王重陽的本家武功。一燈大師之所以會一陽指，是王重陽擔心自己死後，無人能制服歐陽鋒（一陽指是蛤蟆功的剋星），因此，王重陽去了大理把一陽指傳與一燈大師。或許因為一燈大師與一陽指過於匹配，金庸後來直接把一陽指歸入了一燈大師名下。這個安排一直延續至 1959 年《神鵰俠侶》與 1961 年《倚天屠龍記》，都未見不妥。但到了 1963 年的《天龍八部》，情況就不同了。金庸看來已經壓根兒忘記七年前的一陽指原姓「王」，而不姓「段」，以至到了寫《天龍八部》時，直接把一陽指說成是段氏祖傳武功。這絕對是舊版金庸小說中大 Bug，第一次華山論劍之時，段皇爺還不懂一陽指。王重陽在華山論劍翌年才把一陽指傳與段皇爺，但在這百年之前，一陽指卻成了段氏家傳武學，威鎮天南。金庸 1972-1973 年間初次修訂《射鵰英雄傳》時，並沒有把如此明顯的錯誤改正過來，以致明晚版仍然出現「**重陽真人對我師的先天功甚是佩服**」（1973 年 5 月 28 日）、「**⋯⋯王真人得了真經，翌年親來大理見訪，傳我一陽指的功夫**」（1973 年 5 月 30 日）的語句。

版三次修改梯次中，改動幅度最大。

《書劍恩仇錄》一眾文本中，改動最大的只是明晚版。

4. 作品集一版（修訂二版）

1974 年，香港明河社出版《金庸作品集》，象徵金庸小說正式邁向新紀元：金庸一直以來心心念念的「正版本」終於面世。近年隨着明晚版「出土」[8]，透過與作品集一版逐字比對後，才發現兩者有明顯的差距。

5. 作品集二版（修訂三版）

香港明河社在出版《金庸作品集》後，金庸仍然修改小說。第一個撰文揭露的是李以建：

> **事實上，金庸修訂自己的小說遠不止於此，在這十年修訂後（筆者案：指 1970 年到 1980 年的第一次修訂工作），於八十年代小說**

8 當年連載時，有讀者每天把明晚版故事剪存下來，裝釘成冊。近年或捐贈，或販賣，以至讓幾十年後的我們，可以看到明晚版的內容。

> **再版時，他還重新作了一番修訂。**[9]

李以建任職明河社，看到內部資料，因而有八十年代再版時「重新作了一番修訂」的論述。然而，八十年代這次重新修訂，是不是每一部小說都曾改過？每部小說到底改動了多少？在沒有完全比對兩版時，尚不好說，但部分可以得到印證：第一、《射鵰英雄傳》1985年後的版本，不完全相同於1976年時的版本：君山丐幫大會上，三大長老要與黃蓉比試，驗證黃蓉是否真會「打狗棒法」。1976年的版本，郭靖怕黃蓉受傷，接連使出降龍掌，把對方攻勢接了下來。1985年的版本，郭靖雖然依舊協助黃蓉，但只是稍作抵擋，沒有使出威力無儔的降龍掌。[10] 第二、1985年以後出版的《飛狐外傳》，金庸在原來1975年的所寫的「後記」之後，又加了一句「第二次修改，主要是個別字眼語句的改動。所改文字雖多，基本骨幹全然無變。一九八五年四月」。

除了「改動了多少」與「是否全部都改動過」外，「作品集二版」另一個謎題：到底何時出現？新修版《雪

---

9 見李以建：〈以經典文學「改寫」的金庸小說〉，《金庸小說與二十世紀中國文學》，頁90。

10 邱健恩、鄺啟東：《流金歲月 —— 金庸小說的原始光譜》，頁29-31。

山飛狐》「後記」中，金庸說：

> **本書於一九七四年十二月第一次修訂，一九七七年八月第二次修訂，二〇〇三年第三次修訂，雖差不多每頁都有改動，但只限於個別字句，情節並無重大修改。**

初次修訂的《雪山飛狐》是在 1971 年 10 月 14 日到 12 月 2 日在《明報晚報》上連載，因此「後記」中所說的 1974 年第一次修訂，當是指「作品集一版」。然而，金庸又說第二次修訂在 1977 年（就是「作品集二版」），卻與李以建「八十年代再版重新修訂」的說法對不上。如果兩者同真，則《雪山飛狐》的修訂版，共有四個文本：1971、1974、1977 與 1985。又或是李以建的「1985 年第二次修訂說」只是個籠統的說法，修訂的工作早在「作品集一版」出來後已經展開。1977 年，金庸還在修訂舊版的《天龍八部》，修訂工作已經進入尾聲（之後還有舊版《笑傲江湖》與舊版《鹿鼎記》），但與此同時，金庸又在修訂明晚版上的金庸小說，以出版《金庸作品集》。這個時候修訂「作品集一版」的《雪山飛狐》，那就是同時在做三個版本的修訂工作了。真相到底如何（是不是同時在做三種修訂工作）？只能把當年的版本全找出來，作深入比對，才能以實證說明。然而，無論是金庸在「後記」中的說法正確，還是李以建的說法才是事實，可以肯定的是，明河社的「作品集版」至少有兩個文本:「作品集一版」與「作品集二版」。

6. 新修版

1999 年前後，金庸再次全面修訂小說，而有了新修版。

（二）六變七版

由於有「新」資料的發現，筆者曾撰文把原來的「五變六版」修訂為「六變七版」。文章名為〈原始金庸〉，發表在《明報月刊》2024 年 3 月號上：

> **新修版並非只有一個文本。遠流出版社原計劃先出版大字本的新修版《金庸作品集》，並於 2001 年時率先推出了大字新修版《書劍恩仇錄》。不過，計劃後來改變了，改為先出版二十五開的軟精新修版。2003 年，金庸依據 2001 年的大字版（只有《書劍恩仇錄》）再修改一次，而成軟精新修版《書劍恩仇錄》。這**

左（香港明河社《書劍恩仇錄》封面）
中（遠流出版社 2001 年大字版封面）
右（遠流出版社 2003 年大字版封面）

次改動雖然不大，只有一百多處，但 2001 年大字版與 2003 年大字版的《書劍恩仇錄》文本並不完全相同卻是不爭事實。

雖然同是大字版，出版社為了區分兩者，2003 年的《書劍恩仇錄》封面改用李志清的畫作，與 2001 年版使用明河社原封面圖加工並不相同。

〈原始金庸〉發表後，部分論者對金庸小説「無故」出現第七個版本，並不完全同意，認為新修版只有一個版本，就是最後定稿 2003 至 2006 年印行的版本。

新修版每一部小説金庸都修改了很多次。就以《書劍恩仇錄》為例，據出版社的手稿與通訊記錄，2001 年大字版乃是七校稿的文本（經過七次修改後的結果），2003 年新出版的新修版則屬八校稿。兩者只是相差一年時間（七校稿在 2001 年，八校稿在 2002），理應屬同一個系統。然而，本文仍把兩校次的文本區分為兩個版本，理由如下：

第一、2003 版比之 2001 版，共有一百三十三個不同的地方。[11] 這些修改的地方，並不是編輯校對的結果，而是金庸親筆修訂。金庸到底改了哪些地方呢？部分是修改字詞，如把「**陪你老弟和他們拚了**」改為「**陪你老弟跟他們拚了**」。又如「**大家須得聽少舵主將令趕去相救**」改為「**大家須得奉少舵主將令趕去相救**」。除此之外，還涉及改寫與增加篇幅。短的從幾個字到幾十個字不等：

> **遠林中夜鳥梟怪聲叫，他雖然藝高膽大，不禁也感驚心。**（新修一版，第一回）
>
> **遠林中夜鳥梟怪聲叫，他近十年來手下已沒殺過人，這一次被迫斃敵，不禁搖搖頭。**（新修二版，第一回）
>
> **那鬼跳將過來，在他手中將紅包袱一把搶**

11　一百三十三只是約數，乃筆者點算與編輯記錄相加得來：大字版共有四集，編輯分別在第二集到第四集中記下了共須修改地的地方，計有第二集「手足情深」共兩處，第三集「天山雪蓮」共十三處，第四集「碧血香魂」共三十三處。筆者數算第一集經金庸修改的墨跡，共九十處（只計算小說正文，序言的修改處尚未計算在內）。

過去，吱吱吱的又跳出房去。（新修一版，第二回）

那鬼跳將過來，在他手中將紅包袱一把搶過去，順手拍拍兩下，打了他兩個耳光，吱吱吱的又跳出房去。（新修二版，第二回）

陸菲青見多識廣，可從未見過有人如此下棋。持白子的是個青年公子，身穿白色長衫，臉如冠玉，似是個貴介子弟。（新修一版，第二回）

陸菲青見多識廣，可從未見過有人如此下棋。棋盤旁站著個小道童，遇有食子、打劫，便伸手從棋盤中捏子。持白子的是個青年公子，身穿白色長衫，臉如冠玉，似是個貴介子弟。（新修二版，第二回）

長的則上百字，如在 2001 年新修一版第四回最後一句是「說罷縱身上馬，絕塵而去」。2003 年新修二版卻在這之後加上一大段文字描寫：

陳家洛聽她言語中似含情意，不覺心意微動，但隨即想到那美貌少年的模樣，秀眉俊目，唇紅齒白，可比自己俊美得太多了。陳家

洛素來自負文才武功，家世容貌，同儕中罕有其比，忽然間給人比了下去，心頭沒來由的一陣悵惘。這次相救文泰來功敗垂成，初任總帥便出師不利，未免掃興，本來心頭一想，想趕上去再跟她說幾句話，沮喪之餘，只跨出兩步，便即止步。

這段文字相當重要，深深進入了陳家洛的內心世界。在原來的故事中，陳家洛看到霍青桐與女扮男裝的李沅芷行為親密後，就開始疏遠霍青桐，但他心裏到底怎樣想呢？是自認表錯情而收起愛慕之心？是既然郎有情妾有意而君子不奪人之所好？還是「認清」霍青桐的真面目而退避三舍？原來都不是。金庸指出始作俑者不只是李沅芷讓陳家洛「給人比了下去」，還因為陳家洛自擔任總舵主以來，第一件負責大事營救文泰來就失敗告終。自愧不如再加上出師不利，陳家洛這個原本運籌帷幄、信心滿滿的青年貴公子有了挫折感，自尊心受損下陷入了自我懷疑。這段文字直接告訴讀者，陳家洛與霍青桐的愛情悲劇不是因為出於無心的誤會，而應該歸咎於陳家洛的人格特徵。

由此可以看出，兩版的差距不只是修改了多少個地方，增加了多少字，而是跟其他各版一樣：不同文本呈現出不同的人物個性與情節發展。

第二、這第七版（其實應該屬第六版）只有《書劍恩仇錄》一書（筆者案：寫這篇文章時，尚未發現百花版的《雪山飛狐》也有第七個版本，參看本書頁166-177），而不是遍及十五部小說。所謂「變」與「版」，乃是以文本有沒有改變，有沒有新版本出現來衡量，而非變與版必須遍及各部小說而定。因此，本文所要強調的小說文本的版本，而非三十六冊《金庸作品集》全部小說的版本。正如第一變第二版只有三育版的《書劍恩仇錄》、《碧血劍》與《射鵰英雄傳》三部小說，其餘小說的字詞與內容原則上都沒有改變。[12] 第四變第五版（1985 作的「作品集二版」），雖然李以建說是「重新作了修訂」，但到底是不是全部小說都修訂過，是否都

12 「原則上沒有改變」指金庸基本上沒有修訂過當中的文字，但連載版與書刊版仍有一點點不同：（1）《明報》成立以後，除了《越女劍》與《鹿鼎記》，其餘小說都曾出版單行本。從《神鵰俠侶》開始，先在《明報》連載的金庸小說（如《神鵰俠侶》、《倚天屠龍記》等），出版單行本時，以每七天為一個單位，加上回目，這些回目不同於連載版的小說，卻不能肯定是否為金庸所擬。（2）連載《笑傲江湖》時，由於運送遺失，失去了一天的文字內容，全世界讀者都讀不到這天的文本。後來出版單行本時，金庸並沒有補寫這一天的文字，而是另外寫了兩百多字把前後兩天故事連接起來。嚴格來說，舊版《笑傲江湖》也有一變，產生出新文本。但由於只有兩百多字不同，而且原來的文本又已失蹤，故只視作一個文本。

	舊版		修訂版			新修版	
	連載版 1955-1972（原版）	書本版 1956-1959（第一變）	明晚版 1970-1980（第二變）	作品集一版 1974-1981（第三變）	作品集二版 1985 以後（第四變）	新修一版 2001（第五變）	新修二版 2003-2006（第六變）
六變七版							
書劍恩仇錄	✓	✓	✓	✓	✓	✓	✓
五變六版							
碧血劍	✓	✓	✓	✓	✓		✓
射鵰英雄傳	✓	✓	✓	✓	✓		✓
四變五版							
雪山飛狐	✓		✓	✓	✓		✓
神鵰俠侶	✓		✓	✓	✓		✓
飛狐外傳	✓		✓	✓	✓		✓
鴛鴦刀	✓		✓	✓	✓		✓
白馬嘯西風	✓		✓	✓	✓		✓
倚天屠龍記	✓		✓	✓	✓		✓
天龍八部	✓		✓	✓	✓		✓
連城訣	✓		✓	✓	✓		✓
俠客行	✓		✓	✓	✓		✓
笑傲江湖	✓		✓	✓	✓		✓
鹿鼎記	✓		✓	✓	✓		✓
三變四版							
越女劍	✓			✓	✓		✓

有新文本出現，還是不能確認。

基於金庸各書修改次數不同，產生出的文本也不相同，上表原見於〈原始金庸〉，但為論述方便，本文稍稍更改了版本的名稱。[13]

三、《書劍恩仇錄》文本考二：誰參與過建構小說文本

按道理，金庸小說的文本都是金庸親筆寫成。不過，從創作到排版到印刷，書刊上面的金庸小說文本就非他一人可以完成了。早期的金庸小說，交給排版工人檢字模排版印刷，排版時可能出現的問題（多字、漏字、位置錯誤等等），都反映在小說的文本上。這些問題，金庸通常都會在下一版的文本中改正過來。不過，標題中所說的「誰」，並非指排版工人，而是其他參與過文本內容的人。

（一）舊版與修訂版

舊版與修訂版去「古」已遠，手稿與校稿不存，很

13　為配合論述，表中若干名稱稍作修改。如表中的「新修一版」，〈原始金庸〉原文本叫「大字版」，用來指稱 2001 年時出版的大字版。邱健恩：〈原始金庸〉，《明報月刊》2024 年 3 月號，頁 27。

多問題已不可考。當年曾直接參與過小說創作的，從非常有限的資料來看，金庸之外，只有兩人：倪匡與董千里。那就是《天龍八部》非常有名的代筆事件。金庸因為要到歐洲旅遊一個月，請倪匡代寫故事。1978 年出版的修訂版《金庸作品集．天龍八部》「後記」與倪匡《我看金庸小說》都曾提到這件事，倪匡還提到董千里（項莊）：

> **金庸……於是找我，代寫三四十天，當時在場的還有名作家董千里（項莊）先生。**[14]

由於《天龍八部》「後記」中沒有提及，倪匡也沒有說清楚，因此，沒有人知道董千里在代筆這件事情上到底有何「功能」。但其實，金庸早在 1976 年時已經說了，《明報晚報》連載修訂過的《天龍八部》首天，有一段小序，金庸首次提到請人代筆這件事，董千里不是見證人，而是負責文字編輯工作。金庸說：

> **因為倪匡兄行文的習慣和我十分不同，所以他寫好之後，再請董千里兄略加「調整」，**

---

14 倪匡：《我看金庸小說》（台北：遠景出版社，1980 年），頁 137。

使得較為接近原來的文體，然而董兄所「調整」的字數，相信不見百分之二三而已。[15]

從 1955 年到 1985 年（金庸小說文本第一版到第五版），整整三十年之間，除了金庸，曾參與過建構文本而有名字可考的，就只有倪匡與董千里二人。

至於《書劍恩仇錄》，雖然不見任何記載，某些版本卻有他人「影響」過文本的痕跡。

一直到上世紀八十年代初，金庸小說基本上都完全掌控在金庸一人手中。七十年代中期，金庸成立明河社，統一負責出版事宜。然而，也是自八十年代前後開始，金庸小說有了更多樣的發展：1979 年時正式登陸台灣，先後由遠景出版社與遠流出版社負責台灣版的《金庸作品集》，1994 年時又登陸內地，由三聯出版社負責出版簡體字版《金庸作品集》，1999 年後，版權易手，先是由廣州出版社、花城出版社負責出版，後來改由朗聲出版社負責，一直至今。

《金庸作品集》分由三地出版，並非出自同一底版，而是各自排版校閱印刷。可以想像的是：內地與台灣的《金庸作品集》每次印刷的校稿，金庸都不一定曾

15 原文載於《明報晚報》1976 年 2 月 29 日連載的《天龍八部》。

經參與。同理，香港明河版《金庸作品集》每次重印時經金庸修改的地方，也未必都會通知內地與台灣的出版社。台灣遠流出版社的修訂版《金庸作品集》是最好的明證。前面提到，香港明河社從 1974 年開始出版《金庸作品集》各部小説，到 1981 年《鹿鼎記》出版，前後歷經八年。遠景從 1979 年引進《金庸作品集》，所用的正是三變四版的「作品集一版」。1985 年時，金庸再次重新訂正小説，有了「作品集二版」。當時版權已經易手，由遠流出版社負責。遠流從香港這邊拿到的，卻是「作品集一版」。自此以後，在香港早被淘汰的「作品集一版」到了台灣復活再生，而與香港明河社的「作品集二版」成了兩個平行宇宙。這正好解釋了為甚麼同是修訂版《射鵰英雄傳》，君山大會中的郭靖在保護黃蓉時所使出的招數並不相同，因為台灣遠流出版社的版本是「作品集一版」的文本，而河明社的是「作品集二版」的文本。

以上例子旨在指出：海峽兩岸三地的《金庸作品集》在漫長的出版歲月中，金庸並非每次都參與。出版社按照正常的出版運作流程，有時或會導致文本出現突變。例如《書劍恩仇錄》第三回有這麼一個句子：

萬慶瀾心中焦躁，暗想這般貌不驚人的一

> **個合字尚且打不過……**

這段文字在舊版、修訂版與新修版三大版本系統中，金庸除了在明晚版中加入了「暗」字，其餘字詞完全沒有改過。然而，廣州出版社 2002 年出版的新修版《書劍恩仇錄》，卻作：

> **萬慶瀾心中焦躁，暗想這般貌不驚人的一個人尚且打不過……**[16]

把「合字」改作「人」的操作，不見於香港與台灣各版金庸小說，也不見於內地的三聯版（1994-1999 年）以及 2010 年後的朗聲版。也就是說，只出現在 1999 年至 2010 年間印刷出來的版本（先是廣州出版社出版，後來由朗聲出版社出版），朗聲版早期作「人」，2010 年後改為「合字」。

萬慶瀾是武官，金庸為他量身訂製符合身分的「用語」，用「合字」來指稱盜賊或幫派中人。比較合理的

---

16 金庸：《書劍恩仇錄》（廣州：廣州出版社，2002 年），頁 93。這個版本為新修版內容，筆者只是想指出不同地區出版的《金庸作品集》，內容文字或有不同。

推測是：1999 至 2010 年間，相關出版社的編輯考慮到不是每個人都懂「合字」的意思，故改以「人」字代替。小說的語言當然更淺易明白，但如此一來，萬慶瀾就失去了一個營造人物特徵的元素。2010 年之後，出版社編輯校訂小說文本時，撥亂反正，把「人」字改回「合字」。

台灣也有相類似的情況，情況稍有不同，而且問題不是出自印刷版的書，而是電子書。試看以下句子：

陸菲青將寫給周仲英的信抽了出來。文泰來見信上先是幾句仰慕之言……（第二回）

他拿去換的即是他們本族馬匹，對方自然更無懷疑。（第二回）

張召重和關東三魔齊聲喝采，眼見利器，都不禁眼紅身熱。（第十六回）

加上着重號的字詞都不曾出現在修訂版，而是新修版的內容，但不知何故，卻意外混進修訂版的電子檔中。

（二）新修版

一直以來，十五部小說從創作到修改，都由金庸一人為之（《天龍八部》連載時曾由倪匡代寫三十天，

1976-1977 年間已經刪去）。到了新修版，由於修改的稿件經過多人閱讀，金庸也接納了不同人提出的意見，多次修改原來的新修文字，因此或可以說，新修版的文本是經由多人參詳的成果。

第一、金庸在新修版《神鵰俠侶》「後記」中提到在修改了七次之後，又給了金學名家陳墨先生看，「陳先生寫了很長的意見給我」，雖然這時《神鵰俠侶》已經「上機印刷」，也立刻停了下來。金庸這時雖然身在澳洲，也請出版社把七校稿寄給他，於是金庸「又花了兩個月時間，重新再修改一次」。這次修改，刪掉了一段寫了十二張紙的內容。舊版與修訂版中，《九陽真經》由達摩所創，新修版本改為「青城大隱」，陳墨給意見後，金庸刪掉了這段新增內容，懸空了九陽神功的作者（不知由何人所創）。金庸本意為《九陽真經》重選父親，結果是《九陽真經》變成了沒有父親。

專家意見，還包括學者。1998 年至 2000 年間，美國科羅拉多大學、台灣漢學研究中心與遠流出版，還有北京大學中文系，都分別召開了金庸小說國際研討會，金庸都到場邊聽學者們發表論文，邊記下若干要點。金庸新修小說時，都參考了部分意見。因此在新修版的「新序」中，金庸說：「**有幾段較長的補正改寫，是吸收了評論者與研討會中討論的結果。**」

第二、除了專家意見，金庸也會留意讀者的意見，在新修版《射鵰英雄傳》「後記」中，金庸說「**修改時參考了臺灣網頁『金庸茶館』中諸網友，以及不少讀者們的寶貴意見。**」這些意見，其實是出版社的編輯整理後給金庸的。

第三、事實上，編輯在新修版修訂的過程中，經常發揮關鍵作用，讓金庸修改作品時，能夠首尾貫穿，一氣呵成。就以《書劍恩仇錄》第八回為例，當紅花會眾人看到回人玉瓶上的畫像時，陳家洛曾詢問所繪為何人？在舊版與修訂版中，回人使者凱別興的回答，都說是由「**敝族最出名的畫師**」（舊版叫「黑英」，修訂版叫「斯英」）所繪，畫中人是木卓倫的第三個女兒喀絲麗（也就是香香公主）。然後，在新修版第二次的改動中（二校稿），金庸在「**敝族最出名的畫師**」之前赫然加上了「**五百年前**」四個字，如此一來，畫中人就不能是香香公主而必須另有其人了。在這次修改中，金庸說：「**瓶上美女是敝族古時傳說中的女英雄瑪米兒**」，又說「**敝族有許多玉器、帛畫上都畫她的肖像**」。這種修改情節的方式，無非是把前段與後段的故事做更多的連結，在前段故事布下伏線，讀者讀到後段故事時，如果記得相關人與事早在前面已經提到，就會產生揭秘效果，讓情節互相呼應。[17] 然而，修改時布置伏線的前提是：不能與原來情節相矛盾。因此，遠流的編輯把矛盾摘錄下來，讓金庸重新考慮該如何修改：如果瓶上美女改為「瑪米兒」，而且是回族人所共知，幾乎隨處可見的畫像，那麼，陳家洛與霍青桐姊妹在玉宮讀到瑪米兒留下的羊皮書，為何二人像完全不知情？更甚的是，同是二校稿中的第十九回，金庸讀到「**瓶上所繪的香香公主似在對自己含睇淺笑**」時，只加了幾個字，把句子改為「**瓶上所繪以香香公主為範的美人似在對自己含睇淺笑**」。十九回後來還有以下兩句「**當日乾隆見了玉瓶上香香公主的肖像**」、「**我以前見了玉瓶上你的肖像**」，金庸修改時，都只是把「肖像」改為「畫像」而已，並沒有把香香公主改為「瑪米兒」。如此一來，經過金庸修改後的二校稿，第八回與第十九回就出現了矛盾。

除了情節上前後矛盾，編輯作為第一個讀者，也會適時發揮提醒功能。如修訂版第十七回有這麼一句「**張**

---

17 這種修改方式在金庸小說中隨處可見，如《天龍八部》中，舊版只提到無量劍的人入主劍湖宮後能夠在無量玉璧上參詳劍法，卻沒有說清楚是甚麼一回事。到了修訂版，由於金庸已經創作了逍遙三祖的故事，於是在故事開首之初，借助無量劍東西二宗弟子透露先祖輩曾在玉璧上看到人影使出精妙劍法，有時候是一人舞劍，有時候是二人對戰。這個伏筆到了李秋水與天山童姥之爭時，才揭開謎底，玉璧上的人影就是無崖子與李秋水。

召重……伸手一摸，帽子卻不見了，只見那人捧著自己的帽子……」，新修版一校稿時，金庸把「自己的」改為「那頂」，或因為覺得「自己的」三字不能突出「帽子」突然出現在他人手裏，所以改用「那頂」。編輯明白到金庸的意思，因此提出了建議：「正是自己的？」（建議金庸在原文「自己的」之前加上「正是」二字）並說「改過後，語氣反而不太順」。金庸經過參詳後，最後用回了原文「自己的」。大抵，金庸明白到無論是「自己的」，還是「那頂」，都不能完善解決語句中可能出現的歧義，除非在「**帽子卻不見了**」之後加一句「原來被那人摘了」，但這又顯得累贅。最後結果是：不如不加，還原基本步，用回原來的「自己的」。

新修版的編輯不獨只對新修改的文本提出意見，有些意見可能是針對以前已經寫下的文字，如第三回提到孟健雄代周仲英接見來訪鐵膽莊的童兆和時，金庸有這一句旁白：「**孟健雄自文泰來被捕後，心中本已懷著鬼胎**」（《新晚報》1955 年 4 月 16 日），一年之後的書本版，金庸只是稍稍改動，刪掉了「本」字。1970 年的明晚版，改動又多了一點：「**孟健雄自文泰來被捕，心中早懷鬼胎**」，字數少了，意思一樣，句子變得更明快。後來的作品集一版與二版，一直沿用。然而，除非孟健雄另有為自身利益考量的盤算（例如偷錢後離開鐵膽莊），否則，金庸以「鬼胎」二字形容孟健雄的心態，並不妥當。但從 1955 年開始，金庸一直沒有發現用詞上的這個「漏洞」，一直到新修版時，編輯提出了意見：

> **有疑慮？（筆者案：意思是建議把原來「心中早懷鬼胎」中「懷鬼胎」三字，改為「有疑慮」。）用鬼胎似表壞心眼，與感有事將發生的意思不太符合。**

金庸最後接納了編輯意見，而懷了四十九年的「鬼胎」終於退役。新修版二校稿時，金庸刪去後半句，整句改為「**孟健雄自文泰來被捕，一直便在擔心**」。

當然，編輯對原文的意見，金庸不一定全然接受。如第十一回：「**大家一面說笑，一面奔上塔去。第九、第十兩層悄無一人，衝進第十一層，只道⋯⋯**」「大家」指趙半山、徐天宏、周綺等人。趙半山剛與天山雙鷹的關明梅打過一架，放了關明梅往上一層，而在上一層把守的正是陸菲青。因此，趙半山理論上是在第十層（但小說中並沒有說得很清楚，也可能是在第九層）。正因如此，編輯看到前句「**奔上塔去**」，後一句卻是「**第九、第十層悄無一人**」，就覺得文句讓人有點搞不清楚趙半山等人原本身處哪一層，因此提出問題：「他們不是已在第九 or 第十層了嗎？怎還要奔上去？」雖然是「讀者」的意見，但原文在「**第九、第十兩層悄無一人**」之前，已經用了句號，顯然不一定是順着「**奔上塔去**」而來。事實上，這句話的意思更應該與下面「第十一層」的情況作對比，因此，金庸最後並沒有修改句子。句子雖然沒變，卻是經過再三思量與他人之手才最終定下來。由此可見，金庸小說新修版乃是經多人之手（包括金庸本人）千錘百鍊而來的文本。

又如，修訂版第六回，周仲英妻子周大奶奶問起徐天宏家世，徐天宏說一家被人害死，仇人姓方，但不知道名字，只記得對方「**左臉上有一大塊黑記**」。到了十九回時，紅花會等人進了德化城，卻給周綺遇上了左臉有黑記的方有得，懷疑就是徐天宏的仇人，於是告知徐天宏，徐天宏經過查考後確定這方有得就是害死自己一家的仇人。第十九回這段情節共計 3,200 多字，到了新修版三校稿時（第三次修改），金庸把整段情節刪去，又補寫了 1,700 多字。然後，在這 1,700 多字中，有這麼一段細節：徐天宏在榜文上看到方有得三個字，就直接懷疑是自己的大仇人。如此一來，又與前面第六回所說徐天宏只知道仇人姓方而不知道名字的情節相矛盾了。遠流的編輯也覺得不妥，因此，2001 年 4 月時，就寫了備忘，以傳真方式發給金庸：

在第二冊第六回頁289，描述徐天宏一家被方知府所害經過，徐天宏只知他姓方，不知全名；但在第四冊第十九回第三次修改的稿子中，原本一大段經刪改重寫後，卻變成了徐天宏早已知方有德全名（筆者案：該是「方有得」）。如此，變得兩相矛盾。

編輯發現問題，至於如何修改，改第六回？或改第十九回？還是有其他可能？就看金庸如何「斟酌定奪」了。

結果顯示在2001年8月版的新修一版《書劍恩仇錄》中，金庸改了第六回的描述，讓徐天宏提早知道大仇人的姓名：

徐天宏道：「只知道他姓方，至於叫甚麼名字，那時候我年紀小，就不大清楚了。他左臉上有一大塊黑記，一見面就知道。」（修訂版）

徐天宏道：「只知道他姓方，好像叫甚麼方有得。得，得，得他媽的屁！他左臉上有一大塊黑記，一見面就知道。」（新修一版，頁289）

金庸修改小說時隨想隨改，只顧着當下的改寫效果，未必能夠即時考慮全局，察覺到矛盾所在。必待全書改好後，從頭到尾再細看時才有可能查找不足，揪出錯誤。編輯在這時發揮了功效，能夠更早地為金庸找出修改時可能出現的錯誤，讓整條故事線中各段情節與細節都在同一個時空與邏輯下運行。

四、《書劍恩仇錄》文本考三：金庸到底改了些甚麼？

經修訂後的《書劍恩仇錄》先在《明報晚報》上連載。開首當天，金庸寫了一個小序交代修訂始末，提到了「鈎子」。金庸說每天在報上連載時，為了吸引讀者翌日繼續追看，往往在每天末尾處「**放一個懸疑**」。不過，金庸又認為：

> **這些連續有規律地出現的「鈎子」，放在整本書中，有時會顯得是不必要的庸俗趣味。**[18]

因此，修訂《書劍恩仇錄》的首要任務，就是抹去

18 金庸：〈為甚麼要增刪改寫？〉，《明報晚報》1970 年 10 月 1 日。

鉤子痕跡。[19]

除此之外，金庸修改小說，還為了訂正文詞、[20]改換情節與修補漏洞，《金庸作品集》的「後記」偶爾會提到修改小說的原因：

> **修訂時曾作了不少改動。刪去了初版中一些與故事或人物並無必要聯繫的情節……**（修訂版《射鵰英雄傳》）
>
> **現在重行增刪改寫，先在「明報晚報」發表，出書時又作了幾次修改……原書的脫漏粗疏之處，大致已作了一些改正。**（修訂版《雪山飛狐》））
>
> **《神鵰俠侶》修訂本的改動並不很大，主要是修補了原作中的一些漏洞。**（修訂版《神鵰俠侶》）
>
> **這次所作修改，主要是將節奏調整得流**

---

19 有關金庸小說的鉤子問題，可以參看筆者的會議論文〈從鉤子與回目論金庸小說舊版連載版的閱讀價值〉，「百年金庸：魅力永存的想像世界」學術研討會，2024 年 3 月 12 日。（見本書頁 18-47）

20 例如，比對各版《書劍恩仇錄》時，不難發現，金庸經常修改趨向動詞「來」、「去」等詞，一時間說「砍來」，後來又改為「砍去」，之後又改回「砍來」等等，這是因為金庸代入了故事中人的處境，用故事中人的角度來看「方位」。

暢些，消去其中不必要的段落痕跡。（修訂版《飛狐外傳》）

第三次修改……最主要的更動是：張無忌最後沒有選定自己的配偶。（新修版《倚天屠龍記》）

本書幾次修改，情節改動甚少。（新修版《笑傲江湖》）

然而，甚麼叫「漏洞」、「粗疏」呢？除了指情節上的前後矛盾（如前面提及《射鵰英雄傳》與《天龍八部》的一陽指問題）外，還指人物的描寫。

金庸小說之所以能夠吸引讀者，跟他擅長於描寫人物有莫大關係。然而，金庸小說人物眾多，即使有再高超的寫作技巧與再匠心獨運的創作思維，描寫筆下1,400多個人物都不可能一步到位，而是經過漫長歲月一點一滴修改，才能讓每個人物「活」出樣式。某些只是修改字詞的地方，金庸或歸納為「粗疏」、「漏失」，但其實都與人物描寫有關。例如《書劍恩仇錄》第三回中有這麼一句：「**徐天宏叫道：『八弟、九弟，今天不殺光鐵膽莊的人，咱們不能算完。』**」紅花會七當家徐天宏與十當家章進先去鐵膽莊營救文泰來，從駱冰口中得知文泰來已被害（駱冰也是被誤導），當八當家鐵塔楊成協與九當家九命錦豹子衛春華隨後到鐵膽莊時，徐天宏盛怒之下，說出殺盡鐵膽莊的「豪語」。徐天宏這句對白從舊版連載版以來（1955 年 4 月 20 日），一直說到 2001 年的「大字版」，金庸都不認為有問題，但在 2002 年金庸再次審閱時，才覺得徐天宏一向冷靜多謀的人，理應不會在尚未理解事情真相始末時，就說出如此鹵莽的話。因此，金庸來個張冠李戴，把說話之人改為「章進」，但由於章進排行第十，稱呼也隨之修改。2003 年新修二版的《書劍恩仇錄》，這句說了四十九年的對白，就改成了**「章進叫道：『八哥、九哥，今天不殺光鐵膽莊的人，咱們不能算完。』」**章進是個極衝動的人，完全符合人設。金庸只是改了字詞，但修改的目的卻與人物形象有關。

以下，以《書劍恩仇錄》中的周仲英為例，透過比對各版同一段情節的文本，可以看出金庸如何塑造人物。[21]

---

21 各版小說增刪改寫原文，詳參本書贈品「各版小說增刪改寫對比」，該文件以《新晚報》1955 年 4 月 16-17 日兩天的《書劍恩仇錄》文本為底稿，並加入各個版本的增、刪、改寫痕跡。舊版書本版標示為綠色與綠底（綠色字為舊版書本版增加的文字，綠色底加雙刪除線為舊版書本版刪減的文字，如此類推），明晚版為藍色與藍底，作品集一版的紅色與（粉）紅底，新修一版為黃色與黃底。這段文本，由於作品集一版與二版、新修一版與新修二版並無不同，故不另標示。

1955年時剛創造出來的周仲英，金庸只是給他「嫉惡如仇」的人設，而代表性行為就是「親手打死愛子」。不過，隨着每次重讀小說，每次思考如何塑造人物，每次進入情節當中，金庸對同一個人物都可能有新體認，並將體認反映在修改的文字中。周英傑死後，童兆和與萬慶瀾再度登門，想要用陸菲青寫給周仲英的信，討個六、七萬兩。剛好這時紅花會六大當家（七至十三當家，第十一當家駱冰早在鐵膽莊中）闖了進來，雙方起了衝突。透過比對原文，不難發現，金庸每次多加一些描寫，慢慢塑造出周仲英的形象。

這段情節中的周仲英，包含了以下重要「行動」：（1）周英傑之死、（2）童兆和來找周仲英、（3）周仲英接見童兆和、（4）童兆和拿出陸菲青的信，金庸解說與這封信有關的背景、（5）周仲英看到信後的反應、（6）萬慶瀾以信威脅周仲英，要周給六、七萬兩、（7）周仲英斷言拒絕、（8）駱冰以飛刀傷童兆和，卻給周仲英用鐵膽攔截。

透過各版《書劍恩仇錄》的相關描寫，不難看出金庸修改周仲英的「軌跡」（以下只標示出與周仲英相關的描寫）：

舊版書本版：（1）加入周仲英財富的描寫「**周老爺子在這裏廣置產業，這點點小數目，也未必在你心**

上」、（2）透過旁白側面指出周仲英「窩藏欽犯」乃是重罪，更側面描寫張召重，包括（3.1）對師兄陸菲青心存敬畏，（3.2）看不起敲詐行為。

明晚版：（1）明確指出敲詐行為非英雄好漢之事，張召重自重身分，愛護「火手判官」名聲。（2）透過萬慶瀾的口指出周仲英的「義」：「**人人打從心底裏佩服出來，都知周老英雄仗義疏財，愛交朋友，金銀瞧得極輕，朋友瞧得極重。為了交朋友，十萬八萬銀子花出去，不皺半點眉頭**」。（3）加強對周仲英財富的描寫，以及萬慶瀾勒索的語氣，由原來的「**廣置產業**」、小數目不放在心上，擴充而成「**家財百萬，金銀滿屋，良田千頃，騾馬成群，乃是河西首富……常言道得好：『消財擋災』，有道是『小財不出，大財不來』**」。（周仲英愈富有，萬慶瀾愈是勒索，之後周仲英為紅花會放棄家財的行為就愈顯得高義。）（4）正式從周仲英的角度去解讀「文泰來在鐵膽莊被公差帶走」一事，（4.1）覺得公差不給面子、（4.2）對於江湖同道未加庇護深感慚愧、（4.3）盤算相救文泰來，找公差晦氣。

> **為公差到鐵胆莊拿人，全不將自己瞧在眼裏，本已惱怒異常，又覺江湖同道急難來奔，自己未加庇護，深感慚愧，實在對不起朋友，**

> **而愛子為此送命，又何嘗不是因這些公差而起？這兩天本在盤算如何相救文泰來，去找公差的晦氣，只是妻離子亡，心神大亂，一時拿不定主意，偏生這些公差又來滋擾……當真是「怒從心上起，惡向胆邊生」。**

（5）周仲英正式表明心跡：不會「為錢買命」：「**周仲英怒目瞪視，心道：「你要姓周的出錢買命，可把我瞧得忒也小了**」。（6）修訂了周仲英的武功等級，（6.1）用鐵膽改變駱冰飛刀的方向改為直接把駱冰的飛刀打掉（周仲英以鐵膽成名，如果打出鐵膽，也只是能改變駱冰飛刀的準頭，而不是成功把飛刀攔下來，本事看來不會高出駱冰很多。）（6.2）舊版説衛春華與徐天宏聯手，與周仲英「**堪堪打個平手**」。明晚版已把周仲英的武功修改至與張召重同級，彼此在伯仲之間。因此，衛徐兩人即使聯手，「**兀自抵擋不住**」。

作品集一版：（1）首先把周仲英親手掌殺親兒的情節，改為錯手殺子（周仲英把鐵膽打在牆壁上，周英傑想要撲入父親懷中，卻被反彈回來的鐵膽打中頭部致死）。（2）加入了張召重與陸菲青的關係「**多少有點情誼**」。（3）周仲英看到陸菲青的信後，由「有點」吃驚，改為「暗暗」吃驚。（吃驚程度變大了，代表周仲英非常明白陸菲青這信的殺傷力）。（4）透過周仲英之口，清楚指出拒絕萬童二人的敲詐，不是因為自己沒錢，而是因為不值對方行為（把「莫說沒有銀子」改為「薄有家產」）。

新修一版：（1）金庸本來用**「煩惱不已」**來形容周仲英**「妻離子死」**的心情，新修版二校稿時改為**「傷心之極」**。（2）再次改易陸菲青與張召重的關係，從「沒有提到關係」（舊版連載版）→「敬畏」（舊版書本版）→「稍有舊誼」（作品集一版）→「雖已絕交，但師門情深」（新修一版）。（3）強調周仲英的罪，由原來的「窩藏欽犯」，再加「結交叛匪」。

以上只討論各版《書劍恩仇錄》中金庸如何「改寫周仲英」。金庸多次修改小說，重點當然不只在周仲英身上；每次修改，金庸都賦予不同人物新的形象。如作品集一版對於章進，也做了一番更新，先是把使用的兵器從**「手揮雙斧」**，改為**「手舞一根短柄狼牙棒，棒端尖牙精光閃閃」**，但由於兵器改了，揮動兵器的動作也得修改，從原來的「砍」改為「砸」與「打」。此外，又以實際的言行替換原來的旁白，舊版中說章進一聽到文泰來被害，就揮兵器攻向周仲英，金庸說章進**「義氣深重，性如烈火」**。到了修訂版，金庸把這八個字改為**「四哥，四哥，我給你報仇！」**既能突顯**「性如烈火」**

（一點就爆，揮兵器攻打），又能呈現「**義氣深重**」（為兄弟報仇）。

即如小角色如安健剛，金庸寫他初次對上來襲的楊成協時，手中單刀一碰上楊成協的鋼鞭，「**一柄刀彎成了曲尺**」。《新晚報》1955 年 4 月 21 日連載時，金庸為了讓場面變得「好看」，還安排了「即時補給」的場面：「**（單刀）再不能使用，莊丁忙又遞過一柄單刀來**」，這段小情節，一年之後的舊版書本版，就給金庸刪去。

又如周綺看到駱冰與章進無理取鬧，聯手攻向父親周仲英時，就叫孟、安兩位師哥前來幫手。在呼叫兩位師兄之前，金庸還用旁白說「**周綺也是一個性情粗莽之人**」。如此一來，就把呼叫師兄來幫手對抗外敵，好像變成「粗莽」的行為了。金庸也覺得不妥，因此在作品集一版時，就直接刪掉「**也是一個性情粗莽之人**」的人設描述。

凡此種種，不勝枚舉，可見金庸在塑造人物形象上何其用力，幾已成為修改小說的主軸。

五、結語

《論語》記錄孔子謂夏禮與殷禮「文獻不足」。清代劉寶楠《論語正義》指：「文為典策，獻謂秉禮之賢士大夫」。也就是說，要了解以前的事情，除了看文字記載，還要向親歷其事的人請益。研究金庸小說也一樣：本文以《書劍恩仇錄》為例，分別從「文」與「獻」兩個角度，探索金庸小說的文本。

本文一方面，透過訪談與翻閱新修版《書劍恩仇錄》各校次手稿，以及金庸的「序言」與「後記」，初步整理出新修版的來龍去脈，從中挖掘文本演變的一些軌跡，從而更立體地了解新修版小說如何經歷多人之手百鍊而成。

另一方面則找來歷年不同時期出現過的《書劍恩仇錄》（包括早已失傳散佚的《明報晚報》上修訂版故事），以抽樣對比的方式，了解各版小說之間的差異，從而更確切地了解金庸所謂「修訂」、「改寫」的真實面貌，對小說「後記」中金庸所說的訂正字詞、修改疏漏，有更精準的掌握。從 1955 年《新晚報》到 2003 年的新修二版，金庸「寫」《書劍恩仇錄》，從創作到改寫修訂，歷經了七個階段。在這四十八個寫作年頭中，[22] 金庸一方面修改了部分人物的人設，另一方面則像周仲英一樣，陸續添補人設描述：當年在《新晚報》連載時，周仲英因為兒子泄密，親手打死親兒。雖然重

22 從新修版手稿來看，《書劍恩仇錄》的八校稿是在 2002 年完成，2003 年是新修二版的出版日期。

義，未免不近人情，有點冷血。作品集一版把「親手」殺子改為「錯手」殺子，結果一樣，傷痛卻更深。然而，小說中缺乏對周仲英為人的多元描寫（諸如身分、價值觀、人生態度），以致讀者眼中的周仲英過於表面，甚至認為只是一個空講道義，但不講親情的江湖莽夫。金庸顯然並不認同自己之前所創造的這個人物，一個妻離子死的老英雄，不應該只換回來如此低的評價。因此，在往後的修改中，金庸鑽進了周仲英的世界，去感受，去體會，去面對周仲英當時的遭遇，以至思考周仲英當下該做甚麼與該說甚麼。金庸隨着年歲增長，對人生與人性有了不同體認，也把這種體認透過文字反映在人物的言談行為之間。

金庸每次修訂小說，都一點一滴增寫人物特徵。金庸用了逾五十年時間層疊累增筆下的小說人物，使之更有血有淚，更符合真實的人生。

本文首次發表於「金庸百年傳奇：對話 · 反思 · 超越」

國際學術研討會

2024 年 10 月 30 日至 11 月 2 日

國家圖書館三樓國際會議廳

從定本思維到動態探索：金庸小說研究的文獻學路徑

一、前言：金庸小說的文本與版本獨特之處

（一）非一般的「定本」現象：多版共生與地域差異

金庸的武俠小說是當代通俗文學中最多人研究的作品，但討論的人鮮有探討其版本文獻。眾所周知，金庸小說共有三個版本，分別是舊版、修訂版與新修版。如果單從文學研究來看，只要找到最終出版的文本，也就是一般所謂「定本」，即使沒有看到以前的版本，問題理應不大。然而，對於研究金庸小說而言，情況則有點不同。因為，金庸小說獨特的出版情況，改寫了「定本」的意義。這可以從以下兩個方面來看：

第一、一般來說，作家新修改小說之後，只會出版修改後的版本，金庸小說卻不是。由於修訂版流行了三十年（1974-2003 年），新修版出來後（2003 年開

始陸續出版），老讀者捨不得腦袋中的那個故事，紛紛要求保留修訂版，金庸最後答應讓修訂版與新修版並列於世。[1] 讀者在購買或閱讀金庸小說之前，首先得做選擇：選修訂版還是新修版。兩個版本就變成了「平行宇宙」，如此一來，所謂新修版，金庸只是讓同一個故事有多於一個的結局，而非最後結局；「新修版」作為「定本」的地位被徹底弱化。

第二、不同時空出版的金庸小說，也會改變「定本」的意義。就以修訂版的《射鵰英雄傳》為例，金庸最早在 1972 年改寫舊版故事，經修改後的文稿，先在《明報晚報》上連載發表（從 1972 年 10 月 4 日到 1973 年 8 月 14 日），[2] 1976 年出版單行本《金庸作品集・射鵰英雄傳》時，又再修改了一次。到了 1985 年，《射鵰英雄傳》重印時，金庸又改了一次。[3] 因此，修訂版至

---

1 台灣《聯合報》2006 年 8 月 15 日〈七年改版十五部，金庸說：減肥成功〉：「不少讀者希望能保留舊版（筆者案：這裏的舊版指修訂版）⋯⋯金庸也承諾，會讓舊版和新修版一起在書市上流通，使新舊讀者皆大歡喜」。上文轉引自「遠流博識網」的「金庸茶館」。（瀏覽日期：2025 年 3 月 15 日）。

2 邱健恩、鄺啟東：《流金歲月：金庸小說的原始光譜》（台北：遠流出版事實股份有限公司，2023 年），頁 109、153-186。

3 李以建：〈以經典文學「改寫」的金庸小說〉，李以建（責任編輯）《金庸小說與二十世紀中國文學》（香港：明河社出版有限公司，2000 年），頁 90。

少有三個不同的版本：1972 年的修訂一版，1976 年的修訂二版，以及 1985 年的修訂三版。理論上，修訂三版《射鵰英雄傳》是修訂版最終定本，因為修訂一版與修訂二版已經被修訂三版取代，不復出現。然而事實並非如此。1980 年前後，台灣遠景出版社獲得授權，出版金庸小說，遠景所根據的正是 1976 年的修訂二版。1986 年之後，版權移至遠流出版社。這時香港明河社的修訂版《射鵰英雄傳》已經是修訂三版，但遠流使用的依舊是遠景的修訂二版，並一直沿用至今。也就是說，香港與台灣兩地的修訂版金庸小說分屬不同版本。對於台灣讀者來說，修訂二版才是他們認知世界裏的修訂版最終定本。[4]

（二）前一版本殘留的痕跡影響後一版本的閱讀

以上版本情況無非指出，研究金庸小說，如果不先

4　在修訂版流行的二十五年歲月中（1974-1999 年），金庸不下一次修改小說，只是修改幅度不如之前的大，因此沒有明言，讀者不會知道同樣是《金庸作品集》，同樣是修訂版的故事，不同時期出版的書冊，內容都會不同。如新修版《雪山飛狐》中，金庸 1975 年寫的「後記」與 2003 年寫的「後記」中間，插入了一條寫於 1985 年 4 月的「後記」:「第二次修改，主要是個別字眼詞句的改動。所改文字雖多，基本上骨幹全然無變。」由是知道，修訂版的《飛狐外傳》也有三個版本。

從版本着手，根本無法窺探金庸小説的「真貌」，因為讀者讀到的，不一定是論者提到的那個江湖。特別是情節布局方面，有時讓人很難明白金庸當年為甚麼會這樣寫。例如《射鵰英雄傳》中，周伯通向郭靖憶述王重陽臨死前一段故事：王重陽自知壽元將盡，西毒歐陽鋒在重陽宮外伺機而發，等王重陽一死，即搶奪《九陰真經》；其時重陽宮的周伯通與全真七子，非西毒敵手。王重陽佯裝死去，待西毒發難即破棺而出，以最後一口真氣打出一陽指，破了西毒的蛤蟆功。然而，一陽指並非王重陽本家武功，而是學自南帝段智興。王重陽怕死後沒有人能夠制服歐陽鋒，因此遠赴大理，想要把蛤蟆功的剋星先天功傳給南帝，為怕南帝不答應，又以交換武學之名，向南帝討來了一陽指。

修訂版這段情節其實存在破綻，就是為甚麼王重陽死前最後一招，是一陽指而不是先天功？修訂版這段情節，金庸後來也覺得不太合理，因此，在新修版中又稍作調整，説是「附有先天功的『一陽指』」[5] 然而，金庸為甚麼不直接説王重陽向西毒打出先天功，而硬是要王重陽打出一陽指呢？這就得從舊版時代的《射鵰英

---

5 邱健恩、鄺啟東：《流金歲月：金庸小説的原始光譜》，頁 167-168。

雄傳》開始說起。在舊版故事中，王重陽的本家武功正是一陽指，先天功才是南帝的，後來修訂時由於要照顧舊版《天龍八部》的大破綻，金庸才對調了兩人的武功（與兩人在故事中交換武功不同）。因此，修訂版與新修版中王重陽這一招一陽指，其實是舊版殘留的痕跡。

又如修訂版《俠客行》第十八回，摩天居士謝煙客誤把石中玉視作狗雜種石破天，還慰問起來:「你那『炎炎功』練得怎樣了？」石中玉聽到後，「不知『炎炎功』是甚麼東西」。其實，不獨石中玉不知道，就連讀者也是首次看到「炎炎功」這個名稱，更不知道石破天何時練過這種武功。同一句說話，新修版繼續出現。修訂版與新修版的讀者即使找遍整部《俠客行》，都無法知曉真相。只有舊版讀者才了然於心：當年狗雜種在摩天崖上，謝煙客發現石破天（其時叫「狗雜種」）體內有陰寒真氣，像是死對頭丁不四的「寒意綿掌」，懷疑石破天乃丁不四派過來的。於是不動聲色，傳授炎炎功予石破天，希望石破天陰陽失調而亡。金庸修訂《俠客行》時，刪去了石破天體內的陰寒真氣，謝煙客也就沒有理由傳授炎炎功。因此，修訂版與新修版《俠客行》前半段故事並沒有出現過炎炎功。金庸刪減得不夠徹底，以致後半段故事保留了早已被刪的「炎炎功」情節，因而出現前後矛盾的情況。

二、金庸小説當前研究誤區舉隅

研究金庸小説，如果不辨版本，輕則解釋不了箇中情節，重則影響推論。

（一）《金庸的武林》系列的誤區：反證楊照的井然結構論

楊照在《曾經江湖：金庸，為武俠小說而生的人》提到，以前許多武俠小說由於以連載方式來發表與創作，「很多創作照顧不到讓故事情節前後統一」，但對於金庸小說，他則有不同的看法：

> **金庸的許多作品卻呈現了井然的結構，讓你不得不相信，在動筆之前，金庸已經將未來兩年內要寫的內容，都想得清清楚楚了，然後以近乎不可思議的耐心與毅力，執行、實現那份設計藍圖。**[6]

楊照並未更進一步解釋何謂「井然的結構」，但從上下文可以看出，要故事有「井然的結構」，至少要知道未來兩年所寫的內容，以及故事情節前後統一。然

6 楊照：《曾經江湖：金庸，為武俠小說而生的人》（台北：遠流出版事業股份有限公司，2024 年），頁 11。

而，金庸小說真的是這樣嗎？《明報》1963 年 9 月 3 日開始連載的《天龍八部》，金庸開宗明義說「寫的是宋時雲南大理國的故事」，「這部小說將包括八個故事，每個故事為一部」。事實是，首先出現的男主人公段譽在故事連載了一百八十一天之後，已經在雲南待不下去，而（被挾持）跑到了江南。《天龍八部》從開始到結束，段譽足跡遍及整個神州與塞外：中原、大遼、西夏……，而整部《天龍八部》，連載時雖然明確以「第一部」、「第二部」標示，卻是與連載續數有關（平均每部一百二十多天），而非與故事情節有關，不能明確看出是八個故事。很明顯，金庸創作時已經改變了原來的想法。

另一個更明顯的例子是《連城訣》。《連城訣》1964 年 1 月 12 日開始在《東南亞周刊》連載，原名《素心劍》。楊照說「《連城訣》寫的就是一個受盡欺辱、屢遭冤枉的人的故事」。[7] 楊照試圖從故事內容來討論小說的主題與主旨，這種體認明顯受到《連城訣．後記》的影響，金庸說「『連城訣』是在這件事上發展出來的，

7　楊照：《流轉江湖：金庸奇俠的異想世界》（台北：遠流出版事業股份有限公司，2024 年），頁 140。

紀念在我幼小時對我很親切的一個老人。」[8]老人就是金庸幼時海寧老家的長工和生。儘管和生真有其人，金庸也真的想紀念這位已過世的老人，但和生只是《連城訣》的故事原型，並不一定是金庸的創作原意，因為和生的遭遇與《連城訣》的原名《素心劍》根本沒有半毛錢的關係。《素心劍》何以命名，現在已不可考，但有一件事是可以肯定的：金庸創作《素心劍》之初的想法，與故事後段的發展漸行漸遠，這也是金庸後來修訂時把小說改名為《連城訣》的原因，「連城」二字比之「素心」一詞，更能反映小說的真貌。何以見得？金庸自己「親口」說的：

> **小說發表時原名「素心劍」，在寫作過程中，故事的發展和原來的計劃改寫很大，現在再經修改，覺得本來的書名和內容不很貼切，因此改為今名。**

這段文字見於1972年6月6日《明報晚報》首載修訂後的《連城訣》，金庸在說故事之前，寫了一段「前

---

8 金庸：修訂版《金庸作品集．連城訣》（香港：明河社出版有限公司，2003年），頁420。

記」，交代改名的原因與新書名的意義。當中所謂的「故事的發表和原來的計劃改寫很大」，正好用來反證楊照所謂的「金庸已經將未來兩年內要寫的內容，都想得清清楚楚了」。

再看《倚天屠龍記》。楊照《流轉江湖：金庸奇俠的異想世界》把整個故事結構視為先於故事的布局：「《倚天屠龍記》有一個基本主軸，寫的是張無忌如何成為江湖領袖的成長史」，從故事一開端郭襄上少林開始，一直到張無忌練成九陽神功，都只是為「六大派圍攻光明頂」一段情節做鋪陳。《倚天屠龍記》1961 年 7 月 6 日開始於《明報》連載，而「圍剿魔教」四字（與六大派圍攻光明頂相關意思相同的詞彙），要到 1962 年 6 月 6 日才出現，這時故事已經連載了三百二十二天（《倚天屠龍記》共連載了七百八十九天）。楊照的意思是：這三百多天的故事都只是鋪墊，是金庸一早就想好的了。

《倚天屠龍記》故事可以分為祖中青三個部分，分別由三個張姓男子領銜主演，祖輩是張君寶，中輩是張翠山，青輩是張無忌。從情節發展來看，張君寶與張翠山都不是主角，故事主人翁是張無忌。假設楊照所說正確，金庸這種想法到底萌芽於何時？是在落筆之前？還是隨寫隨改呢？《明報》1961 年 7 月 1 日連載的《神鵰俠侶》，有一段小啟事（廣告），或許可以告訴我們：

「神鵰」尾聲中現身的張君寶，即武當派創派祖師張三丰。金庸先生新作「倚天屠龍記」，故事接續「神鵰」，張三丰及其眾徒弟為書中重要人物，而楊過、小龍女、郭襄等亦將出現。

五天之後（1961 年 7 月 6 日），《倚天屠龍記》正式登場，首章〈引子〉以郭襄上少林開始，寫了三十二天，眾徒弟「武當七俠」於第三十三天出場。這時候，金庸腦袋中有沒有張無忌，真的是未知之數。唯有兩點應該可以肯定：第一、三十多四十天（或更久）以前，金庸構思《倚天屠龍記》故事時，想寫的是師徒之情與武當七俠的兄弟之義，根本沒有張無忌的份。第二、一直到張三丰創出武當派，郭襄創立峨嵋派，楊過與小龍女始終不曾再出現。由此可見，金庸在這些天中，創作的腦袋已經轉了很多次，而不是用耐性與毅力來執行腦袋中的那張藍圖。

楊照《金庸的武林》系列三書[9]是以修訂版《金庸

9　楊照先後出版了三部評論金庸小說的書，總其名為「『金庸的武林』系列」，分別是《曾經江湖：金庸，為武俠小說而生的人》、《流轉江湖：金庸奇俠的異想世界》、《再會江湖：金庸小說的眾生相》（台北：遠流出版事業股份有限公司，2024 年）。

作品集》為分析底本，不過，楊照並非不知道有連載舊版這回事，例如他說：

> **對照首刊的連載版，以及金庸改寫於一九七〇年代的修訂版，我們發現，《碧血劍》的開場和結尾都做了些修改。**[10]

只是，由於沒有仔細比對新舊兩版的文字（連載版與修訂版），到底兩者之間有何差別，大多數人或只會望文生義，以為金庸「修訂」小說只是稍稍修改文字或一些前後矛盾的情節，而不知道就連故事架構、主軸情節，也可能會有翻天覆地的改變。在評論《天龍八部》時，楊照引用了陳世驤給金庸書信中的一段話。陳世驤提到當時的青年讀者「間有以天龍八部較鬆散」，[11] 楊照接着問：「《天龍八部》真的寫得很亂嗎？」[12] 並試圖用陳世驤信中提到的「讀『天龍八部』必須不流讀」來解釋要怎樣讀《天龍八部》才不覺得「亂」。

然而，楊照與陳世驤信中的青年分別在兩個不同的

---

10 楊照：《曾經江湖：金庸，為武俠小說而生的人》，頁 41。

11 金庸：修訂版《金庸作品集．天龍八部》（香港：明河社出版有限公司，2006 年），頁 2127。

12 楊照：《再會江湖：金庸小說的眾生相》，頁 24。

年代讀《天龍八部》，楊照真的體會到青年所謂「鬆散」的真正意思嗎？陳世驤是明白的，不然不會用委婉說法「較鬆散」來評價《天龍八部》的結構，並試圖從另外一個角度「冤孽與超度」來解釋。楊照讀的是經金庸精心修改後的故事，自然感覺不到《天龍八部》的結構何其鬆散了。事實上，楊照與一般只讀過修訂版與新修版的讀者一樣，或受到修訂版《金庸作品集》金庸所寫的「後記」影響，很多解讀觀點都是受「後記」的啟發而來。按道理，「序言」與「後記」都是作者現身說法，交代創作背景與寫作過程中值得留意的事情，甚至會提醒讀者該留意的事情。金宏宇說：

> **序跋中會涉及作者生平、創作思想、創作動機、作品本事等內容，是作家研究的第一手材料。**[13]

金庸小說也不例外，常常在後記中告訴讀者一些事情。如《金庸作品集．天龍八部》的「後記」交代了「倪匡代筆」一事。金庸當年創作《天龍八部》時，曾

---

13 金宏宇：《新文學的版本批評》（武漢：武漢大學出版社，2007年），頁318。

請倪匡代寫了四萬多字，後來修訂時，由於「沒有理由將別人的作品長期據為己有」，因此在倪匡同意下，刪去了這四萬多字。[14] 然而，過於相信後記，有時反受蒙蔽，以致未能看清全局。就以《天龍八部》來說，「後記」只交代了一件舊版不同於修訂版的事情，如果沒有看過舊版的讀者，或可能以為兩版的主要差異只在於倪匡代寫的部分上，金庸其他修改都只是文字上的修訂潤飾。[15]《天龍八部》新舊兩版到底有哪些不同呢？ 1978 年 11 月 1 日在新加坡《南洋商報》上，金庸為開始在報上連載的修訂版《天龍八部》寫了一篇小序，序文中清楚交代了新舊兩版的《天龍八部》到底有多大的不同：

> **現在重行花了兩年時間全部修訂改寫，可以說每一句句子都改過了。大約有五分之一的篇幅刪去了，新增的也大約有五分之一左右，**

---

14 這件事情也同時記載於 1980 年出版的《我看金庸小說》中，但稍有出入。《我看金庸小說》說倪匡寫了六萬多字，與《天龍八部》「後記」所說的四萬多字不盡相同。倪匡：《我看金庸小說》（台北：遠景出版社，1980 年），頁 137-138。

15 金庸後來（2002 年）在新修版的「後記」中，對於修改《天龍八部》，多說了幾句：「《天龍八部》的再版本在一九七八年十月出版時，曾作了大幅度修改」。既然說「大幅度」，自然不止四萬字了。但到底多少呢？金庸沒有明言。

> **人物和重要情節也有重大的改動。如果有人拿十六年前的「南洋商報」來對照一下，可以發覺，這幾乎是一部新的作品，雖然，基本結構和人物仍然相同。**

《天龍八部》共一百二十多萬字，五分之一就是二十四萬了，扣除刪掉倪匡代寫的四萬字，新舊兩版至少還有二十萬字不同。不同於陳世驤當時的青年，楊照讀到的其實「幾乎是一部新的作品」。陳世驤筆下的「較鬆散」會不會就是這被刪掉的二十四萬字導致呢？或許，王語嫣的身世可以用作印證。[16]

舊版中的王語嫣叫王玉燕，母親王夫人本姓慕容，是姑蘇慕容家上代家主慕容博的妹妹。如此一來，如果王夫人是逍遙派無崖子的女兒，那無崖子也就是慕容家上上代家主、慕容博的父親了。不過，金庸寫王夫人的身分時，腦袋裏面還沒有逍遙派，自然還沒有無崖子。

---

16 有關王語嫣在舊版與修訂版中不同的地方，可以參看以下兩篇文章：

(1) 邱健恩：〈不一樣的王語嫣之「身世篇」〉，《明報月刊》2024 年 12 月號，頁 48。（見本書頁 156-157）

(2) 邱健恩：〈不一樣的王語嫣之「武功篇」〉，《明報月刊》2025 年 2 月號，頁 90。（見本書頁 158-159）

舊版《天龍八部》開篇時，無量玉壁上根本沒有二人練劍的影像。後來，李秋水臨死前與虛竹的對話，也不曾提過年青時曾與無崖子在無量山住過。也就是說，修訂版讀者感到布局精妙的「無量玉洞 —— 姑蘇王家 —— 逍遙派」互相呼應的情節，對舊版讀者來說，是三件獨立事情，彼此沒有任何關連，也就是陳世驤所說的「較鬆散」。事實上，當年金庸創作與王語嫣的相關情節時，也只是隨想隨寫，甚至出現前後不同的「陳述」。例如，王夫人的母親到底是誰？金庸的說法前後不同。如 1965 年 5 月 14 日《明報》連載的《天龍八部》，標題是「畫中美女，乃是姥童」，所謂的「畫」，就是無崖子給虛竹的卷軸。蘇星河的弟子康廣陵看到卷軸中的美女畫像時，說「畫中這位美女，她是姥童」。這畫中人就是王夫人的母親，可見金庸這時為王夫人的母親所構思的人設是天山童姥。然而，一百四十三天之後（1965 年 10 月 4 日），金庸又改變了主意，說畫中人是李秋水的妹妹，王夫人則是李秋水的女兒。可以想像的是，當年的讀者不只是感到「較鬆散」，還為情節前後不一致而感到困惑。如此散渙的情節，實在不像是楊照所說的未來兩年情節，金庸都了然於心，一步一步慢慢寫出來；而楊照對金庸小說的體認，只是因為他只以修訂版為底稿，所論雖非違反事實，但至少不是事實的全部。

（二）《金庸創作歷程研究》的誤區：張舟子論證創作歷程卻時間錯置

解讀金庸小說的人如果像楊照一樣，不理會版本問題，則頂多只是在論證過程中出現偏差，不一定會影響研究結果。然而，如果把金庸小說視為一個具備先後次序的有機整體，把研究重點落在金庸創作小說的歷程與發展上，但忽視了金庸小說版本的差異，則結論就變得很危險了，因為任何一個時序點出錯，在環環相扣的大前提下，整個論述就會出現嚴重的破綻。張舟子 2023 年出版的《金庸創作歷程研究》正好用來說明版本在研究金庸小說的重要性。

《金庸創作歷程研究》就是研究金庸創作小說的過程，張舟子非常清楚明白一件事：要討論「歷程」，就必須「嚴格按照時間順序」[17]。然而，張舟子所據的版本，是 1994 年內地三聯出版社的《金庸作品集》，屬修訂版內容。也就是說，張舟子根據 1970 年後修改的修訂版來探討金庸從 1955 年到 1972 年創作小說的歷程。例如，在討論《書劍恩仇錄》時，張舟子開首第一句就說：

17　張舟子：《金庸創作歷程研究》（北京：新華出版社，2018 年），頁 4。

> **1955 年 2 月 8 日，《書劍恩仇錄》開始在《新晚報》「天方夜譚」版連載，署名「金庸」。[18]**

討論《碧血劍》時，張舟子也是先告訴讀者「1956 年 1 月 1 日，金庸的第二部小說《碧血劍》開始在《香港商報》連載」。[19] 不過，張舟子明顯知道金庸後來修改過小說的，《碧血劍》「後記」寫得很清楚，曾有過兩次頗大修改。張舟子之所以對於舊版「視而不見」，原因有兩個，第一是找不到舊版的資料。他說：

> **由於資料所限，我們無法看到最初連載的原貌，所依據的還只能是經金庸授權的「三聯版」《碧血劍》。**

第二是張舟子認為，即使看不到舊版，也無損對金庸創作歷程的探索與理解。因為：

> **小說在完成之後，作者的修改往往只是局部的削減或者強化，已經很難對作品做出根本**

---

18 張舟子：《金庸創作歷程研究》，頁 4。

19 張舟子：《金庸創作歷程研究》，頁 10。

的改變，因此，「三聯版」雖然是經過重大修改的作品，但是，仍然會留下金庸早期小說創作的重要特徵。[20]

張舟子撰寫《金庸創作歷程研究》時，網絡已經盛行，金庸舊版小說的內容早已被有心人放到互聯網上，即使不是百分百準確，想要看個大概模樣，絕非困難之事。然而，張舟子最終也沒有比對舊版與修訂版的差異，可能正是第二個原因：一心認定所謂修訂，其實只是對舊版削減或強化，兩版的重要特徵基本一樣。然而，事實的真相與張舟子的想像顯然不同。

在討論到《鴛鴦刀》與《白馬嘯西風》時，張舟子這樣說：

《鴛鴦刀》於1961年5月1日至5月28日在《明報》連載。《白馬嘯西風》則與（筆者案：「與」該當作「於」）1961年10月開始在《明報》連載⋯⋯為甚麼金庸會在創作《倚天屠龍記》的間隙，忙裏偷閑創作這兩個作品，而且時間又銜接得如此之緊呢？如果把這

20 以上兩段引文，均見張舟子：《金庸創作歷程研究》，頁10。

兩部小說放到金庸創作的過程來考察，我們就會發現，這兩部作品事實上是對此前和當時正在創作的小說的一個整理和反思，並且展現了新的探索方向，預示著金庸的作品可能會出現新的內容，風格將變得更為宏大，將會出現更為波瀾壯闊的作品。……

在《鴛鴦刀》和《白馬嘯西風》中，有一個共同的地方，那就是，在這兩篇小說中，都運用了武俠小說中常見的奪寶模式，但是，人們苦苦尋求的寶藏，都不是人們通常意義上所說的寶藏，尤其是對於得到寶藏的人來說，這根本不是寶藏，從而把人們的思緒引向了對於人生追求的思索。……

和《鴛鴦刀》《白馬嘯西風》同時創作的《倚天屠龍記》中，屠龍刀和倚天劍仍然是可以給得到它的人帶來巨大利益。……很有可能，正是由於金庸對於寶藏的新的思考與《倚天屠龍記》原有構思的相互衝突，金庸才另外寫作了《鴛鴦刀》和《白馬嘯西風》，從而在這兩篇小說中表達了一種新的思想。……

《白馬嘯西風》中的寶藏同樣顯得令人啼笑皆非。……高昌迷宮根本沒有甚麼金銀珠寶。[21]

上文有三個重點：第一、金庸在創作《倚天屠龍記》時，抽出時間來寫《鴛鴦刀》與《白馬嘯西風》；第二、金庸在創作《鴛》與《白》時，對於之前（或正在）創作的小說做了反思，想要尋求新的突破；第三、《鴛》與《白》兩篇小說的共通特色都是寫寶藏，但此寶非彼寶。《倚天屠龍記》中的寶是實寶，而《鴛》與《白》中的寶是虛寶（「根本不是寶藏」），只是引領人們「對於人生追求的思索」。

張舟子把《鴛》與《白》兩部小說視作金庸創作小說中的突破，在金庸創作歷程上有着舉足輕重的意義。然而，事實並非如此。張的論述有兩個非常明顯的錯誤。

第一是搞不清楚創作《鴛鴦刀》的時間軸。張舟子雖然「嚴格按照時間順序」來討論創作歷程，但他根本沒有認真考究各部小說的創作時間。他說《鴛鴦刀》於 1961 年 5 月 1 日至 5 月 28 日在《明報》上連載，然而，《鴛鴦刀》早在《武俠與歷史》雜誌第三十七期開

---

21 張舟子：《金庸創作歷程研究》，頁 94-96。

始連載，時間是 1961 年 3 月 17 日。[22] 不過，金庸並非 3 月 17 日才開始創作《鴛鴦刀》的，創作時間至少可以再往前推三個月。1960 年 12 月 22 日《大公報》報道，電影《鴛鴦刀》已於 18 日開鏡。既然開鏡了，證明金庸早在創作《倚天屠龍記》前半年的時間，寫完《鴛鴦刀》的小說（當時有報道說電影《鴛鴛刀》是根據小說《鴛鴦刀》改編而來的），[23] 而不是像張舟子所說，是在寫《倚天屠龍記》時忙裏偷閒地思考新創作方向。

第二是搞不清楚《白馬嘯西風》的內容出現的時間軸。張舟子根據的三聯版《白馬嘯西風》是金庸上世紀七十年代時修改的版本（金庸 1972 年修改《白馬嘯西風》，並在《明報晚報》上發表；1974 年時，又連同《雪山飛狐》與《鴛鴦刀》兩個故事，出版《金庸作品集‧雪山飛狐》單行本），與 1961 年時的舊版，內容根本不同。倪匡《我看金庸小說》早已指出，「初次發表與

---

22 《鴛鴦刀》的首載刊物與首載時間，一直眾說紛紜。最常見的說法是《明報》1961 年 5 月開始連載（網絡資料如百度、維基與遠流出版社的「金庸茶館」都用這個說法）。不過，這種說法與事實不符。早在《明報》連載之前，《武俠與歷史》已經連載，但雜誌的出版時間也有幾個不同的說法。筆者根據《明報》的資料，把《鴛鴦刀》的首載時間定在 1961 年 3 月 17 日。詳參邱健恩：〈《鴛鴦刀》何時首載？〉，《明報月刊》2025 年 4 月號，頁 102。（見本書頁 162-163）

23 邱健恩、鄺啟東：《流金歲月：金庸小說的原始光譜》，頁 250。

修改之後，有極大的差異，是金庸修改得最多的一篇作品」。不過，倪匡接着又說「未修改之前，不通；修改之後，通了」。[24] 如此描述，或會誤導讀者：金庸只是把《白馬嘯西風》不通的地方修改到通而已。張舟子如果讀過修訂版《白馬嘯西風》的「後記」，或許便不會有修訂版只是對舊版的削減與強化的錯誤認知：

> 這次重新改寫過，刪去四萬餘字，新作二萬餘字……[25]

舊版《白馬嘯西風》共約七萬九千字，修訂版則有約六萬七千字，也就是說，張舟子看到的三聯版《白馬嘯西風》，只有四萬字左右與舊版相同，舊版有四萬字是張舟子從來沒看過的。對於一篇只有八萬字的小說而言，減四萬加兩萬，實際上已非簡單的削減與強化，

24 倪匡：《我看金庸小說》，頁 41。

25 1974 年出版的《金庸作品集．雪山飛狐》共收錄了《雪山飛狐》、《鴛鴦刀》與《白馬嘯西風》三個故事，金庸只為《雪山飛狐》寫了「後記」。作品集中並沒有《白馬嘯西風》的「後記」。引文中這段「後記」見於 1972 年 10 月 3 日的《明報晚報》，經修訂後的《白馬嘯西風》從 1972 年 9 月 7 日開始在《明報晚報》連載，到 10 月 3 日最終回時，金庸寫了「後記」交代修改情況，全文共 87 字。

而是徹底改頭換面了。更甚的是，新舊二版的最主要差異，就在於寶藏：舊版《白馬嘯西風》中的寶藏是真真切切的金銀財物，「數百年來哈布迷宮中無窮盡的寶物，仍是好好的存放着」。[26] 如此一來，《倚天屠龍記》中的倚天劍、屠龍刀的寶藏與舊版《白馬嘯西風》中的寶藏，都同樣為所得之人帶來巨大利益，兩者本質並無不同，而金庸創作《白馬嘯西風》也絕非如張舟子所謂的表達「一種新的思想」。張舟子討論金庸創作小說的歷程，由於不辨版本，錯把十年後（1972 年）的修改本情節視作十年前（1961 年）的故事主軸，以致讓從中窺見的歷程「結果」（金庸創作的心態與想法）不攻自破：沒有任何證據顯示，金庸在創作《倚天屠龍記》時，同時在構思新寶藏題材的小說。

三、金庸小說研究的新範式：敍眾本

（一）修訂也是再創作

如果只是想要得到閱讀的樂趣，又或是只是想要沉浸於武俠世界中，那麼，知不知道金庸小說有不同版本

---

26 金庸：鄺拾記普及版《白馬嘯西風》（第九集）（香港：武史出版社，出版時間不詳），頁 168。

並不重要。無論是在二手市場上價值不菲的舊版，還是現在仍然可以在書肆中買到的修訂版與新修版，讀者都能夠從中享受到充滿奇幻想像的武功、豪氣干雲的俠義與蕩氣迴腸的愛情。然而，如果想要更進一步地探索金庸小說，更真確地解讀人物與故事情節，更恰當地評價作品，就不能不先了解金庸小說的歷史變化。

有一點張舟子是說對的，研究金庸小說要「結合金庸小說發展的實際歷程，結合金庸本人思想和藝術上的發展」，「仔細辨識金庸以武俠小說為出發點所做的探索和突破」。張舟子錯誤的地方在於把「創作」局限在1955 年到 1972 年間，而把自 1970 年開始的「修訂」工作視為小修小改。事實上，「修訂」二字過於籠統，並不能完全反映金庸的工作。《明報晚報》1970 年 10 月 1 日開始連載經修改後的《書劍恩仇錄》，在正文前，金庸寫了一篇序言，題為〈為甚麼要增刪改寫〉。金庸明顯知道光是「修訂」二字，並不足以完全表達「增、刪、改寫」工作，而在標題旁，則排列了「有增有刪大段改寫」的八字標語，明確告訴讀者，1970 年 10 月的這一版《書劍恩仇錄》並不同於十五年前在《新晚報》上那一版的《書劍恩仇錄》。金庸開宗明義就跟讀者說出他的所謂「修訂」工作其實是「增、刪、改寫」，而且是大段的、大段的改寫。「修訂」二字或會給人錯覺，以為金庸只是稍稍訂正文稿。如果「修訂版」改名為「改寫版」、「新修版」易名為「新改寫版」，研究者或許更會明白各版之間的差異。

因此，如果要研究金庸創作的小說，就先得重新定義「創作」二字。對於金庸來說，所謂創作，其實不獨指 1955 年至 1972 年那個「初創」階段，之後的修訂階段也應包括在內，如 1970 至 1980 年的「二創」階段（《明報晚報》版）、1974 年至 1981 年的「三創」階段（明河初版），以及之後的修訂階段（特別是 1985 年前後）的「四創階段」……雖然名為修訂，實為再創作。2006 年新修版《金庸作品集．鹿鼎記》出版後，金庸就沒有改動過小說。也就是說，金庸小說的「創作時間」從 1955 年開始，到 2006 年為止，實際長達五十年。

（二）從單一版本到敍眾本

面對這五十年的創作時間，金宏宇提出了以「敍眾本」方式來研究：

> **……這又涉及文學史著該如何敘述金庸小說的問題。以作品初載本或定本為對象（案：原文作「物件」，誤，當為「對象」）？抑或要掩埋過渡版（文）本中的人物、情節（如秦**

南琴、倪匡續寫部分）等？我的主張是敘眾本，就是要如本書作者那樣敘述一部作品的文本演進之史。[27]

「敘眾本」是方式，而探索「文本演進之史」是目的。相對於過去探索單一版本的研究方式，「敘眾本」把同一部小說不同時期的版本拿出來比對，透過了解金庸如何增加、刪減、改寫與搬動文字，從而挖掘箇中的改變因素。

探討金庸筆下的人物，「敘眾本」的研究方式尤其適合。因為，金庸往往用「累進式」方式來描寫人物：金庸每次修訂小說，除了着眼於改寫情節，還着力於塑造人物。就以《書劍恩仇錄》中的周仲英為例，[28] 從 1955 年開始的舊版，到 2002 年的新修版，金庸每次修改，都會為周仲英的形象添上一筆；有時是強化身分背景，有時是加強心理描寫與面對事情的反應，其中把「殺兒」的情節由親自動手改為錯手的意外，更讓周仲英的形象更人性化。各版所添的「一筆」表列如下：

---

27 金宏宇：〈金庸作品文本與版本的演進史詩〉，該文為邱健恩、鄺啟東：《流金歲月：金庸小說的原始光譜》的推薦序，頁 6-7。

28 周仲英的例子，詳參邱健恩：〈七步成「書」──《書劍恩仇錄》六變七版文本考〉。（見本書頁 48-95）

時間	版本	創作、改寫內容
1955	《新晚報》版	• 親手殺死自己見利忘義的兒子。 • 説自己沒有錢，即使有也不會給沒有骨頭的人。
1956	三育版	• 借他人之口描述周仲英家世：廣置產業。 • 強調周仲英「窩藏欽犯」是重罪。
1970	《明報晚報》版	• 借反派之口指出周仲英「仗義疏財，愛交朋友」。 • 進一步描寫周仲英家產豐厚，乃是河西首富。 • 描寫周仲英因文泰來丟失於鐵膽莊而感到自責。 • 強調自己不會「出錢買命」。
1975	明河初版	• 把親手殺兒的情節改為錯手殺兒。 • 強調自己「薄有家產」(意指不屑出錢避禍)。
2002	新修版	• 修改感受，從「煩惱不已」改為「傷心之極」。

金庸初次創造周仲英時，憑着「收留文泰來」、「親手殺子」、「棄莊從紅花會」等情節，周仲英被賦予了嫉惡、重義等既簡單又刻板的英雄形象，然而，隨着每次改寫，金庸為外在的「形象」一點一滴地補充了內裏的「血肉」：錯手殺子比親手殺子雖然無減疾惡如仇的性格，卻多了一份為義犧牲的無奈；金庸不斷加強周仲英如何富有，則更能襯托出他為義犧牲的氣概；加入內心的自責與難過，則又讓人體會到周仲英為義犧牲的內心真實感受。

（三）文本演進之史等於感知生命之史

1955 年創作《書劍恩仇錄》時，金庸才三十一歲，任職報館編輯，正當盛年，意氣風發。十五年之後（1970 年），金庸改寫《書劍恩仇錄》時已屆四十六歲，人到中年，擔任報館老闆，自是一番光景。又二十八年後（1998 年），金庸再次改寫小說時已逾古稀之年，自有看慣世情的智慧。張舟子說研究金庸小說要結合金庸思想的發展，理解雖然正確，但應該把時間拉長，着眼不同階段的發展，而不應只是同一階段內一兩年間的細微差別。金庸創作、改寫、再改寫的行為分別發生在三個不同的人生階段：盛年、中年與晚年，每個階段都有不同的身分與心境，盛年時候的打工仔身分與創業初期，擁有旺盛的鬥志，中年時候身任老闆多年，於成功中追尋更大的滿足。暮年時候，看透世情，沒有了年青時的激昂，取而代之的是更多思慮。金庸小說從初創到改寫，與其說是力求作品成為經典，毋寧說是金庸在不同的人生階段進入小說的世界，用生命與智慧與小說中人對話，從而更真確地體會小說中人當下應有的言行。隨着金庸的心境改變，小說中人即使面對相同情節也可能有不同選擇。因此，金庸小說「文本演進之史」也同樣是金庸在不同年齡層感知世界而讓小說中人重選行為之史。

四、金庸小說有多少眾本？

既然研究金庸小說必須「敍眾本」，那麼「眾本」又到底指哪些版本呢？事實上，這並不是一個容易釐清的問題。筆者與鄺啟東 2023 年合著的《流金歲月：金庸小說的原始光譜》提出金庸小說共有「五變六版」。一年之後，筆者的〈原始金庸〉[29] 根據台灣遠流出版社的手稿資料與新修版出版情況，把原來的說法修訂為「六變七版」。「變」指金庸修訂、改寫的行為，「版」指修訂改寫後的結果。當然，金庸十五部小說並非每部都歷經「六變七版」的過程，有的只有「五變六版」、「四變五版」、「三變四版」；真正經歷「六變七版」的，其實只有《書劍恩仇錄》。各部小說的版與變，表列如右，[30] 其中有四點必須說明的：

（一）修訂三版（第四變）的日期不確定

表中各版的面世時間，由於大部分都有連載日期與出版日期，明明可考，各版之間也有顯著的差

---

29 邱健恩：〈原始金庸〉，《明報月刊》2024 年 3 月號，頁 24-29。（見本書頁 2-17）

30 此表原見於邱健恩：〈原始金庸〉（頁 27）。為了更清晰顯示各版之間的關係，此表稍作修改，如把「明晚版」改為「修訂一版」，「修訂一版」改為「修訂二版」、「修訂二版」改為「修訂三版」。

別。唯獨是第四變「修訂三版」中所謂「1985 以後」只是籠統的日期。李以建在〈以經典文學「改寫」的金庸小說〉曾說「在這十年修訂後，於八十年代小說再

	舊版		修訂版			新修版	
	連載版 1955-1972（原版）	書本版 1956-1959（第一變）	修訂一版 1970-1980（第二變）	修訂二版 1974-1981（第三變）	修訂三版 1985 以後（第四變）	大字版 2001（第五變）	軟精版 2003-2006（第六變）
書劍恩仇錄	✓	✓	✓	✓	✓	✓	✓
碧血劍	✓	✓	✓	✓	✓		✓
射鵰英雄傳	✓	✓	✓	✓	✓		✓
雪山飛狐	✓		✓	✓	✓		✓
神鵰俠侶	✓		✓	✓	✓		✓
飛狐外傳	✓		✓	✓	✓		✓
鴛鴦刀	✓		✓	✓	✓		✓
白馬嘯西風	✓		✓	✓	✓		✓
倚天屠龍記	✓		✓	✓	✓		✓
天龍八部	✓		✓	✓	✓		✓
連城訣	✓		✓	✓	✓		✓
俠客行	✓		✓	✓	✓		✓
笑傲江湖	✓		✓	✓	✓		✓
鹿鼎記	✓		✓	✓	✓		✓
越女劍	✓			✓	✓		✓

版時，他還重新作了一番修訂」。[31] 根據出版社其他資料顯示，文中所謂「八十年代小說再版時」，指的其實是1985 年。如金庸在新修版《飛狐外傳》的「後記」，有這麼一句：

> **第二次修改，主要是個別字眼語句的改動。所改文字雖多，基本骨幹全然無變。**
>
> **一九八五年四月** [32]

由此可證，1985 年確實曾有一次修改。只是到底改了多少，改了哪些，則是未知之數。

前面提到「1985 以後」只是籠統時間，並非無的放矢，因為金庸在新修版《雪山飛狐》的「後記」中，又說了一句意思非常明確但會產生矛盾的話：

---

31 李以建：〈以經典文學「改寫」的金庸小說〉，頁 90。

32 修訂版《金庸作品集．飛狐外傳》1975 年出版，書中的「後記」寫於 1975 年 1 月。新修版《飛狐外傳》2004 年出版，金庸在 2003 年 9 月時也寫了「後記」。然而，在新修版的「後記」之前，金庸還插入一段寫於「一九八五年四月」的「後記」。也就是說，修訂版《金庸作品集．飛狐外傳》歷經兩次修改，第一次在 1975 年，第二次在 1985 年。1985 年那一次，當年金庸並沒有在後記中明確告訴讀者，而要延到二十年後（2004 年）才告訴讀者。

> 本書於一九七四年十二月第一次修訂，一九七七年八月第二次修訂，二〇〇三年第三次修訂……[33]

考諸當年（1977 年）出版的《金庸作品集．雪山飛狐》的版權頁，確實標示出「一九七七年八月第二次修訂」的日期。大抵，金庸原意每次修訂小說，都會在版權頁上標示出來，只是後來或因每次修訂的地方不算多，不值得強調，或因每次標示工作容易錯誤，版權頁上再沒有任何表示修訂的痕跡。

既然金庸明言在 1977 年修訂，又同時有文獻（當年的作品集）可作證明，可見《雪山飛狐》的第二次修訂（金庸說的第二次其實是第三次），並非在 1985 年，而是更早的時間。

六變七版中，最不能確定（內容差異、修改時間）的是修訂三版。這個版本由於改動最少，差異便不明顯，加上各書的修改時間又不明顯，以及是否每書都經過修訂，全是未知之數。因此，必待完善各版整理後，才能真正「敍眾本」。

---

33 金庸：新修版《金庸作品集．雪山飛狐》（香港：明河社有限公司，2004 年），頁 256。

（二）第幾次修訂說不清

金庸在小說「後記」的字裏行間，總是有意無意之間無視 1970-1981 年間的初次修訂的「明晚版」。像前引新修版《雪山飛狐》的後記，把「一九七四年十二月」那一次的修訂說成是第一次，即使在之前兩段說「現在重行增刪改寫，先在《明報晚報》發表，出書時又作了幾次修改」，但由於沒有標明時間（初次修訂的《雪山飛狐》1971 年在《明報晚報》發表），加上絕大部分讀者都沒有看到過明晚版的內容，讀者最終還是只會記得金庸 1974 年時第一次修訂《雪山飛狐》。金庸在後記中提到第幾次修訂時，由於計算方法不同，有時會讓人搞不清楚。

（三）《雪山飛狐》也有「六變七版」

上面提到，金庸十五部小說中只有《書劍恩仇錄》具備「六變七版」。事實可能不止，那就是《雪山飛狐》可能也有「第七版」。這又關係內地百花文藝出版社的《白馬嘯西風》（以下簡稱「百花版」）。金庸小說是 1994 年全面進入內地市場的，由三聯出版社出版。在 1994 年之前，只有百花文藝出版社曾獲金庸授權出版，但只限《書劍恩仇錄》。在三聯版《金庸作品集》的序言中，金庸這樣說：

在這次『三聯版』出版之前，只有天津百花文藝出版社一家，是經我授權而出版了《書劍恩仇錄》。[34]

百花文藝出版社 1985 年時推出《書劍恩仇錄》，三年之後，也就是 1988 年，又再推出《白馬嘯西風》（裏面收錄了《鴛鴦刀》與《雪山飛狐》）。如果金庸 1994 年時說的話為真，那麼，這本《白馬嘯西風》就一定沒有授權了。不過，只要曾翻閱過百花版《白馬嘯西風》，可能會有不同的看法。因為在《雪山飛狐》的後記中，有這麼一句：[35]

乘著本書出版內地版本，又作一次修訂，雖然差不多每一頁都有改動，但只限於個別字句，並無重大修改。

一九八五年四月第三次修訂

以上一段文字是放在原來的「後記」之後，看來是

34 金庸：《書劍恩仇錄》（北京：生活・讀書・新知三聯書店，1985 年），序言頁 2。

35 金庸：《白馬嘯西風》（天津：百花文藝出版社，1988 年），頁 461。

金庸的補充語。由於原來的後記沒有日期，因此，又在這段補充後記之前加入了兩個時間點：「一九七四年十二月第一次修訂／一九七七年八月第二次修訂」，看來，金庸是想告訴內地讀者，為了要在內地出版，又特別修訂了一次。但內地讀者理應不知道《雪山飛狐》何時修訂過，因此，金庸特別標示前兩次的日期，以示隆重。如果這個推論是真，那麼，金庸在三聯版序言中謂只有《書劍恩仇錄》獲授權，就必然是假了。

辛先軍在《飛狐系列三版本校評》一書，[36] 指出「金庸單獨為內地百花版《雪山飛狐》作了修訂，說明當時百花版確實得到授權，這一點毋庸置疑」。辛先軍認為：第一、補充後記這段文字確定是金庸寫的，第二、金庸說為了出版內地版因此再次修訂小說，第三、百花版確實得到授權。[37] 至於證明的方法，辛先軍比對明河修訂版與百花版的《雪山飛狐》，指出兩書共有一百二十多處文字不相同的地方。這一百二十多處不同

36 辛先軍的《飛狐系列三版本校評》為自製書，沒有標示出版地與版社，2024 年出版。書中收錄了兩篇文章：〈閒話《雪山飛狐》版本變遷〉（頁 148-153）、〈《雪山飛狐》百花文藝與明河修訂版比較〉（頁 154-166），都討論到百花文藝出版社《白馬嘯西風》中的《雪山飛狐》。

37 本文要探討的是金庸小說有多少個文本，至於小說是否曾獲金庸授權，則非討論重點。

的文字，足可以證明金庸曾修改小說，既然金庸曾修改小說，百花版自然獲得授權。辛的推理方式明顯陷進循環論證的謬誤：先相信→再舉證→事例證明所信為真。問題是：誰又能保證這一百二十多個相異之處，必然出自金庸手筆而非編輯所為呢？

筆者曾撰文〈百花版《雪山飛狐》的謎團〉，[38] 提出解答方法：百花版不同於修訂版的文字雖然不見於往後出版的修訂版，卻可以在新修版《雪山飛狐》中找到。比較可能的解釋是：金庸修改了《雪山飛狐》之後，交了給內地的出版社，卻沒有給明河社更新修訂版的文字。[39] 後來在千禧年初期新修小說時，金庸再找了出來，在百花版文稿的基礎上，再新修《雪山飛狐》。

如此一來，《雪山飛狐》是繼《書劍恩仇錄》之後，另一部擁有「六變七版」的金庸小說。

---

38 邱健恩〈百花版《雪山飛狐》的謎團〉，《明報月刊》2025 年 6 月號，頁 102。（見本書頁 166-177）

39 說金庸沒有「更新修訂版的文字」其實不是個精準的說法，因為在新修版相同於百花版的九十段文稿中，有幾個地方確實在 1985 年之後的版本出現，至於為何這樣，則須另作研究才可能找出答案。

（四）釐清內地與台灣《金庸作品集》的版本系統

上表所列「六變七版」主要以香港版本為主，舊版既指在報章雜誌發表的連載版，也指三育圖書文書公司、鄺拾記報局、武史出版社等的書本版，修訂版既指發表於《明報晚報》的修訂初版，也指明河社的《金庸作品集》，新修版既指 2002 年的大字本，也指 2003 年開始陸續出版的新修版《金庸作品集》。然而，金庸小說是華人共同語言、當代文學重要作品，內地、港、台，甚至東南亞，各地都有專屬的《金庸作品集》，如此一來，如果不先弄清楚各地版本屬何種體系，則會讓研究與閱讀出現嚴重障礙。以台灣為例，先是有遠景出版社的「遠景版」，當中的《雪山飛狐》在 1983 年出版，這個時候香港明河社的《金庸作品集》已經全部出版，《雪山飛狐》甚至在 1977 年第二次修訂，那麼，遠景版的《雪山飛狐》所用的版本，到底是 1974 年的修訂二版（作品集一版）還是 1977 年時的第二次作品集版（修訂三版）？

金庸小說 1985 年轉移至遠流出版社，遠流於 1986 年時先後推出了典藏版、黑皮袖珍本與黃山版（又稱黃皮版）《金庸作品集》，這個時候，明河社的《金庸作品集》已經進入 1985 年的修訂三版，遠流所依據的底本，卻仍然是明河社的修訂二版。

時間一直推移至 1994 年，內地推出三聯版《金庸作品集》，理應是明河社 1985 年之後的版本（修訂三版）。遠流與三聯分屬兩個版本體系，高玉卻認為明河、遠流、三聯三地的版本沒有「內容上的差異」，因而統稱為「三聯本」。[40]

研究金庸小說，如果只是探討小說故事情節與敍事架構，那麼使用修訂二版或修訂三版，可能不很重要，誠如金庸所說，再次（或三次）修改，往往只是斟酌語言文字，屬於小修而非大改。然而，如果研究的重點是人物個性，使用修訂二版與修訂三版，就可能完全不同了，因為金庸通常就是透過修改對話、用語來塑造人物。

至於舊版，如果要研究《書劍恩仇錄》、《碧血劍》與《射鵰英雄傳》，則必須明白，在《新晚報》與《香港商報》上的連載版本，絕對不同於後來三育圖書文具公司出版的單行本，三育版經過金庸仔細修改，情節或許一樣，人物描寫往往大不相同。

總的來說，本節指出，在「敍眾本」的大研究方向底下，研究金庸小說的人必須：(1) 先分辨清楚金庸小說有哪些不同的版本、(2) 各種版本的出版時間，以及

---

40 高玉：〈金庸武俠小說版本考論〉，《武漢理工大學學報（社會學科版）》第 23 卷 1 期，2010 年 2 月，頁 133-134。

（3）所選用的金庸小說到底屬哪個版本體系。唯有這樣，研究者與讀者才能在同一個起點出發（以某一版本為討論底本），彼此之間的對話才有意義。

五、文本的呈現方式與金庸小說研究

（一）研究版本卻甚少討論版本

《金庸作品集》2003 年至 2006 年推出新修版，為金庸小說的研究提供了新方向：版本的比較研究。從 2006 年至 2014 年，內地與台灣共有九篇研究金庸小說的版本的學位論文，[41] 儘管是專研版本，但作者總是在有意無意間避開了舊版（只研究修訂版與新修版），又或是雖然比對三版，卻從來不討論所據文本為何版本。

其實，早在 1998 年時，台灣中國文化大學的羅賢淑，已經比對金庸小說新舊二版，探討兩版差異，作為

---

41 2006 年有（1）吳家齊的《金庸《射鵰三部曲》新舊版本研究》。2008 年有（2）涂明淮的《金庸《天龍八部》版本研究》、（3）張淑琪的《金庸《碧血劍》改版書寫差異研究》、（4）盧乃鳳的《金庸《鹿鼎記》新舊版本研究》。2010 年有（5）徐榮俊的《金庸及其《笑傲江湖》新舊版本研究》、（6）薛東琛的《《射雕英雄傳》版本研究》。2011 年有（7）王志偉的《《碧血劍》版本研究》。2014 年有（8）陳俊宏《金庸小說三大版本比較研究》、（9）劉航的《天龍八部》版本校評。

博士論文《金庸武俠小說研究》的第三章。不過，以上任何一個研究在涉及舊版時，都面對相同的問題：舊版難尋。如羅賢淑說：

> **由於金庸小說之舊版十分難得，是故在此章中所用版本較為雜亂，有最正式的港版，也有早年在台翻印者。**[42]

即使過了十六年，陳俊宏撰寫博士論文，舊版依然難尋，因此，文中引用的舊版也是東湊西拼而成，至少用了四種不同的資料來源：連載版、正版、盜版與重排本。如（1）《書劍恩仇錄》用光榮版（翻印正版而成）、（2）《碧血劍》用三育版（正版）、（3）《射鵰英雄傳》用眾利版（此書為台灣眾利出版社 2001 年時依據舊版重排印刷，但不知道所據舊版為何版本）、（4）《神鵰俠侶》與《倚天屠龍記》用《明報》上的連載版，但由於《明報》常有缺漏，故混合使用武史出版社出版，鄺拾記發行之合訂本（由於資料不詳，不清楚是正版還是盜版）。至於其他研究者，甚至在論文中完全沒有提及

---

42 羅賢淑：《金庸武俠小說研究》（台北：中國文化大學博士文，1998 年），頁 95。

所用為何版本。談版本研究而不提使用何種版本，做法並不理想。

近年，隨着互聯網資訊發達，好事之徒偶或把舊版金庸小說放到網上，供人閱讀，也有人重排舊版小說，私刻成自製書，相互傳閱。撇除版權問題，這些資料實非理想的研究文本，一則因為重排打字必有底本，底本如為盜版，先天不足之下，則重排後如何精校，也是徒勞。更甚的問題是：重製舊版的人會因為自己對小說的理解而私自改動原文，如此一來，研究者所讀到的已非原典，或會影響研究成果。

（二）連載版有獨特的研究價值

文本的呈現方式還與研究選題與研究方向相關。須知道，金庸小說與一眾通俗文學作品一樣，是先在報紙雜誌上連載，再出版成單行本。兩者由於呈現方式不同，所引起的閱讀效果並不能完全等同。金庸深諳連載文本的特點，在長達十七年的漫長創作中，他也時刻緊記自己是在寫連載小說：

> **在報上寫連載，有一種特殊的要求，在連載的結尾往往要安排一個「鈎子」，放一個懸擬，以吸引讀者再跟著再看，這些連續地而有**

> **規律地出現的「鈎子」，放在整本書中，有時會顯得是不必要的庸俗趣味，也往往破壞了正常的節奏。[43]**

這些「鈎子」出現在每天文章的結尾處，有時候是一句，有時候一個一段落，或更多的段落。然而，當把連載版的小說重排成單行本時，鈎子由於失去了「地利」（每天最後的地方）與「天時」（故事突然停止，要明天才知道時態發展）而消弭於篇章之中。讀者即使讀到相同的文字，也不會有相同的閱讀反應。如舊版《神鵰俠侶》中，孫婆婆帶着楊過到重陽宮，因打傷了全真教道士，而被一眾弟子以天罡北斗陣圍了起來，金庸這時筆鋒一轉，在當天末段最後幾句這樣寫：

> **若是馬鈺得知孫婆婆闖進宮來，必定善言排解，約束弟子不得無禮。就可惜他未及知悉，郝大通又生來氣盛，以致誤了大事。[44]**

---

43 金庸：〈為甚麼要增刪改寫〉。1970 年 10 月 1 日，金庸在《明報晚報》上開始連載經修訂後的小説，在首天連載的《書劍恩仇錄》之前，金庸寫了八個段落，談原作與改版的相關事情。

44 金庸：《神鵰俠侶》第八七續「欺侮老婦幼童」，《明報》1959 年 8 月 14 日。

「誤了大事」四字足以讓讀者懸心，害怕會有不好的事情發生。然而，出版單行本時，讀者在讀到「大事」之後，就會緊接看到原本要翌日才能看到的情節「那天罡北連陣漸漸縮小，眼見孫婆婆只有束手被縛的份兒……」[45]。

筆者在〈從鈎子與回目論金庸小說舊版連載版的閱讀價值〉一文指出：[46]

> **要探討金庸舊版小說的創作特色與相關問題，或從事三版小說的比對研究，討論金庸從創作到改寫的心路歷程與寫作思維轉變，舊版書本版根本不足以承擔重任，而必須以舊版連載版為唯一文本。**

連載版賦予的因看不見而有的懸念，而讀者從單行本獲得的是一氣呵成的緊張快感，兩者的閱讀效果並不相同。因此，如果研究金庸的舊版小說，只以單行本作

45　金庸：《神鵰俠侶》第八八續「來了一個極美的白衣少女」，《明報》1959年8月15日。

46　邱健恩：〈從鈎子與回目論金庸小說舊版連載版的閱讀價值〉。本文為2024年3月12日在浙江大學舉行的「『百年金庸・魅力永存的想像世界』學術交流會」（中國武俠文學學會舉辦）的會議論文。（見本書頁18-47）

為閱讀文本，無疑是讓原來的小說出現功能缺陷，一則不能探究金庸為小說布置鈎子如何匠心獨運，二則限制了讀者的閱讀反應。因此，研究金庸小說，不能無視小說文本的呈現方式。

六、文獻整理與金庸小說研究

（一）金庸小說版本研究不足

雖然「敍眾本」指「文本演進之史」，但並不是說要研究金庸小說就必須先比對文本，而是指研究者必須明白自己所據以分析的小說文本，是在整個版本體系中的哪一個階段，任何一段情節、一個人物都可能有所繼承或創新，唯有站在更高的「敍眾本」角度，才能對所要分析的人物情節有更深的了解。從 1955 年到 2006 年，金庸花了超過五十年時間建構出「六變七版」的小說文本體系，但研究金庸小說的人，卻依舊對這個文本體系不甚了解。高玉道出了真相：

> **金庸武俠小說研究在版本和「修改」方面非常落後，與資料缺乏有很大的關係……至今缺乏有效的金庸武俠小說資料收集和整理。[47]**

---

47 高玉：〈金庸武俠小說版本考論〉，頁 136。

高玉這篇文章發表於 2010 年，其時討論金庸小說版本問題的，只有林保淳的〈金庸小說版本學〉[48] 與陳鎮輝的《金庸小說版本追昔》[49]，雖然能稍稍描述舊版系統，但由於所據資料仍然有限（如只是根據部分微卷資料、影印資料，也不能判斷正版與盜版的差別），以致所論時有偏差，或尚未論及版本問題的核心。[50]

---

48 林保淳：〈金庸小說版本學〉，收入王秋桂主編：《金庸小說國際學術研討會論文集》（台北：遠流出版事業股份有限公司，1999 年），頁 401-424。

49 陳鎮輝：《金庸小說版本追昔》（香港：匯智出版社，2003 年）。

50 如林保淳根據明報微卷的資料與當時流傳的盜版小說，比對兩者之後，得出「『舊本』與『刊本』（筆者案：「刊本」指連載版，「舊本」指單行本）最大的區別，在於刪掉了每日刊載的小標，其餘的略無更動」（林保淳：〈金庸小說版本學〉，頁 403）。不過，這句話只適用於《明報》成立之後的金庸小說，至於《書劍恩仇錄》、《碧血劍》與《射鵰英雄傳》三書，刊本與舊本，顯然有明顯的差別。至於《金庸小說版本追昔》，則是陳鎮輝整理前人論述的著作，由於沒有真憑實據在手，因此也無從驗證前人之說是否屬實。如他引用冷夏《金庸傳》謂「查良鏞修訂、出版的程序是，按寫作時間順序修改作品，改完一部就出版一部」，陳鎮輝於是認為「這表示修訂後作品的出版次序，與作品原來寫作時間的先後是一致的」（陳鎮輝：《金庸小說版本追昔》，頁 18-19）。冷夏的論述很明顯出於想當然，既未看過《明報晚報》上的連載修訂版，也沒有看過修訂初版的《金庸作品集》。如果從創作與修改的先後次序來說，金庸 1970-1971 年間頭四部修訂的小說，依次是《書劍恩仇錄》、《碧血劍》、《雪山飛狐》與《飛狐外傳》。但如果從創作次序來說，這四部小說依次是第一部、第二部、第四部與第六部。《射鵰英雄傳》是金庸第三部創作的小說，卻是第九部修訂的小說。冷夏並不知道金庸先把修訂後的小說在《明有關金庸舊版小說與修訂的論述，要到 2019 年之後才開始逐漸清晰。內地金庸小說收藏家楊曉斌的《紙醉金迷：金庸武俠大系》與小樓一夜、小飛刀《書生俠客夢——金庸小說與研究書影》，[51] 以多年蒐集所得，詳列歷年以來海內外出版過的金庸小說封面，並稍稍介紹版本發展。2023 年，筆者與鄺啟東合著《流金歲月：金庸小說的原始光譜》，探討金庸小說從 1955 年到 1980 年二十五年間的版本與文本變遷，並解答了舊版與初次修訂（《明報晚報》）各個謎團，讓讀者更加明白金庸小說初期的發展情況。

然而，對於《金庸作品集》出版後的改版情況，如各版次之間的差異，各地版本彼此之間的差異，以至新

報晚報》連載，之後才再出版，他以為金庸在修改完一部小說之後隨即出版該部小說。事實上，《金庸作品集》的單行本，也不是按《明報晚報》上的連載次序來出版。金庸成立明河社出版《金庸作品集》，1974 年時率先推出市場的是《金庸作品集・雪山飛狐》，1975 年時，依次推出《飛狐外傳》（二月、四月）、《書劍恩仇錄》（六月）與《碧血劍》（九月、十月）。陳鎮輝與冷夏一樣，由於沒有真憑實據，只能人云亦云。有關金庸修訂小說與在《明報晚報》上連載的時間，詳參邱健恩、鄺啟東：《流金歲月：金庸小說的原始光譜》。頁 108-109。

51 楊曉斌：《紙醉金迷：金庸武俠大系》（台北：遠流出版事業股份有限公司，2019 年）。五年之後又有經增訂內容的內地版。楊曉斌：《紙醉金迷：金庸武俠大系》（廣州：中山大學出版社，2024 年）。小樓一夜、小飛刀：《書生俠客夢——金庸小說與研究書影》（自製書，沒有出版資料，2021 年）。

修版修訂的種種經過，仍是未完全開發的空間，尚待深入探索，釐清關係。

除了「敍眾本」的論述，還有「敍眾本」的編集與整理。釐清各版文本的發展與關係，功用在於「定位」，讓研究者因應實際需要選擇以哪個文本作為探索的對象。然而，研究最基本的需求還在於文本本身。舊版難尋，舊版連載版更難尋，明晚版百不存一，更是難上之難。因此，編輯一套專為研究使用的《金庸小說全集》就是金學的當務之急。所謂「全集」，不是單指金庸十五部小說，而是指「六變七版」下的金庸小說，以及包含各地版本差異的金庸小說。

（二）整理原始文獻：連載本鈎沉與域外補遺

先以舊版來説，正版的舊版書本版雖然並非市場流通版本，但二手書市仍然容易找到。比較麻煩的是舊版連載版，從目前的文獻保存情況來看，明報機構本身已沒有完整的《明報》資料，要湊齊一整套「原裝」連載版本，已看似不大可能。然而，「禮失求諸野」，金庸小説不獨在香港出版，還會在東南亞地區的報紙連載。雖然外地報紙連載的金庸小説經常因檢字排版而出錯，但只要能用來確定每天連載的起迄處，就能找出「鈎子」所在。至於文字方面，則可以比對各地報紙的不同版本與香港的單行本，以及《武俠與歷史》的二輪連載，精校出最接近原文的模樣。

金庸十五部小說，能夠具備全書各續原典的，計有：

I. 在《新晚報》連載的：(1)《書劍恩仇錄》、(2)《雪山飛狐》

II. 在《香港商報》連載的：(3)《碧血劍》、(4)《射鵰英雄傳》(八百六十二續中只欠三續，但可從緬甸的《中華商報》補齊)

III. 在《武俠與歷史》連載的：(5)《飛狐外傳》、(6)《鴛鴦刀》

IV. 在《東南亞周刊》連載的：(7)《素心劍》(後來改名《連城訣》)

V. 在《明報》與新加坡《新明日報》連載的：(8)《笑傲江湖》(兩者都是原典，互有缺漏，合起來能湊成全部)

此外，原典甚少，或缺失大部分，但可以求諸域外報紙的則有：

VI. 在南越《遠東日報》連載的：(9)《越女劍》

VII. 在新加坡《南洋日報》連載的：(10)《天龍八部》

也就是說，《神鵰俠侶》、《倚天屠龍記》、《白馬嘯西風》、《俠客行》、《鹿鼎記》這五部小說都出自《明報》，原典資料較少，與域外報紙拼湊的需求，以及所花的功夫與時間，也要最多。

（三）數字人文的應用：建構版本異文數據庫

至於修訂版，則重在收集版本與比對文字。就以明河社的《金庸作品集》來說，至少須收集四個版本：1970 年至 1980 年的《明晚版》、1974 年至 1981 年間修訂初版、1985 年的修訂二版，以及千禧年之後最後修訂版。部分小說如《雪山飛狐》與《飛狐外傳》，由於金庸在後記中提到 1977 年時第二次修訂，因此還須多選擇一個 1977 年的版本。

新修版方面，除遠流大字版《書劍恩仇錄》稍經金庸修改為遠流平裝版，其餘平裝版只有一個版本。比較特別的是：出版社保留了新修版全部手稿。金庸在新修版的後記中經常指出最終版本乃經多次修改而成，因此，如果能夠「敍新修版手稿之眾本」，定能了解新修版小說的「文本演進之史」。

金庸小說的版本眾多，如果《金庸小說全集》以印刷版本方式呈現，不僅成本高昂，更因為閱讀同一段情節時須橫跨幾個不同版本，無論從空間而言（同時把幾個版本擺在桌上），還是從實際操作來說（閱讀比對原文時游走於面前的幾個版本），都非常不方便。因此，建立數位化版本異文資料庫，就能解決這道難題：「《金庸小說全集》資料庫」。資料庫的核心功能在於打破「不同文本印在不同的書上」的限制。通過全文檢索與跨文本比對工具，研究者要閱讀某個段落時，資料庫可以超連結方式建立不同版本間的動態關聯，將零散的異文轉化為可交互分析的網路。

七、結語

本文通過對金庸小說三大版本系統（舊版、修訂版、新修版）的深入剖析，揭示了版本差異對文本解讀的關鍵影響。與其他通俗文學（甚至是文學）作品相比，金庸有其特殊的地方，那就是採用「動態創作」模式來處理自己的小說。[52] 因此，任何一個版本都只能視作他創作長河中的中站而非終點，[53] 加上商業上容許「多版並行」，致使修訂版與新修版出現共存狀態，而不同

52 「動態創作」一詞為筆者所創，專門用來指稱金庸不斷修改小說的行為。必須清楚的是，金庸修改小說，並不只是改正原文的錯誤，更多的是隨着年月的增加，自己對角色有更多的理解與體會，因而把體會放在新改寫的小說之中。因此，「『金庸小說』不只是成品，還是『過程』── 自力輪迴的過程」。邱健恩、鄺啟東：《流金歲月：金庸小說的原始光譜》，頁 33、103-107。

53 即使是被視為定本的新修版，也不能視作定本。因為金庸自己說過，要等到自己一百歲時再修訂作品。

地域出版體系也出現版本差異；如此非一般的版本演進模式，實與傳統文學的「定本」觀念背道而馳。

本文也論證了忽視版本考證將導致嚴重的文本誤讀。事實上，金學當前的發展已出現誤區：楊照將金庸小說視為預先完整構思的「井然結構」，實則忽視了連載過程中的即興創作特徵；張舟子在《金庸創作歷程研究》中直接以修訂版反推創作原意，犯了時間錯置的方法論錯誤。這些研究誤區本質上都源於對金庸小說版本複雜性的認知不足。

本文提出金庸小說該以「敍眾本」的方式研究，強調必須將金庸的創作視為一個跨越五十年的動態過程（1955-2006）。研究發現，金庸每次修訂實質就是再創作，反映了作者在不同人生階段（青年編輯、中年報業大亨、晚年文化大家）對作品的新思考。以《書劍恩仇錄》周仲英形象的演變為例，從 1955 年舊版到 2002 年新修版，人物性格經歷了從單薄到豐滿的藝術昇華，這一過程印證了「文本演進之史」與作者在不同時期的心思意念有着密切的關係。

在版本體系梳理方面，本文完善了「六變七版」的理論框架，指出《書劍恩仇錄》和《雪山飛狐》是版本演變最複雜的作品。研究同時揭示了金庸版本研究面臨的三大挑戰：原始文獻散佚（特別是《明報晚報》刊載的修訂初版）、地域版本錯綜複雜（港、台、內地版本體系差異）、以及研究者對於連載文本特徵（如「鈎子」）的忽視。凡此種種，使得編撰一套真正學術性的《金庸小說全集》成為當務之急。

本文的學術價值有三個方面：第一、確立了版本研究與了解是有意從事金庸小說研究的必要基礎。第二、提供「敍眾本」這一具有可操作性的研究方法。第三、為金學未來的發展指引三個方向：完善版本譜系、深化文本比較、重建創作語境。正如金庸本人通過不斷修訂來完成與作品的對話，研究者也應當通過版本研究，與這位文學大師展開跨越時空的理性交談。

本文的意義不僅限於金庸小說研究領域，對整個通俗文學研究都具有方法論啟示。經典文本的形成往往是動態的、多版本的過程，只有把握這個過程的複雜性，才能真正理解作品的文學價值和文化意義。在數位化時代，隨着文獻獲取管道的拓展，金庸版本研究必將迎來新的發展契機，而本文提出的研究框架，或可為未來的學術探索提供有益參考。

金庸小說的版本研究不僅是一項文獻考訂工作，更是一場穿越時空的文學對話。

本文為香港珠海學院「文史集刊」論文（排印中）

丁春秋的兩段情

《天龍八部》雲君所繪插圖。眾人齊集天聾地啞谷，右方長髮背影者是葉二娘，站在她右側的長鬚者是丁春秋。

修訂版《天龍八部》中，鳩摩智上少林，自稱懂少林七十二門絕技，並即席示範，施展摩訶指、大金剛拳、般若掌與袈裟伏魔功，在場眾人只有虛竹看出鳩摩智其實是以小無相功來「催動」少林武功。問題是：小無相功是李秋水的獨門武學，鳩摩智又為何懂得呢？修訂版這個謎題，金庸並沒有交代。一直到二十七年以後（2005 年）的新修版，金庸才補寫了原因，卻意外地帶出另外一個人物的感情生活。

鳩摩智的小無相功偷自姑蘇王家的「琅嬛玉洞」（其實只是一排櫃子）。李秋水把無量山石洞內的武功典籍搬到了蘇州，小無相功也放在「玉洞」之內，丁春秋閒來無事到王家看秘笈練功。鳩摩智藏身王家，意外發現王夫人竟然把丁春秋喚作爹，並偷聽到小無相功的練功法門，於是偷去秘笈。不過，王夫人與丁春秋並非親生父女，王夫人是無崖子與李秋水的女兒。李秋水原與無崖子相愛，後來遭受冷落，為了引起注意，擄來不少英俊青年打情罵俏，卻反而惹得無崖子一怒離去。李秋水一不做二不休，索性勾引無崖子的二弟子丁春秋。兩人好上後，李秋水就要女兒把丁春秋喚作爹。

舊版中，丁春秋另有「功能」。《明報》1965 年 4 月 21 日，金庸為丁春秋安排了另一段情。話說慕容復受珍瓏棋局迷惑，引劍自刎，幸被段譽以六脈神劍解圍。這時四大惡人到場，葉二娘一見到丁春秋，就大喊「春秋哥哥啊，我找得你好苦⋯⋯你一定是為了我來，我好喜歡。⋯⋯這一次，我可不放你走了。」面對葉二娘嬌嗲呼喚，丁春秋雖然略顯尷尬，卻始終沒有任何表示，看似只有葉二娘在一廂情願。後來慕容復對葉二娘的媚態看不過眼，就動手攻擊，丁春秋卻突然出手，替葉二娘擋了一擊。兩人的關係本來到此為止，金庸看似沒有深化，沒想到後來倪匡代筆，竟然為二人續情緣，坐實二人關係。游坦之與阿紫在路上遇到丁春秋，「在他的身後則跟着妖媚萬狀的葉二娘」，二人還一齊對付游坦之。

丁春秋在《天龍八部》中雖然是個大魔頭，但由於長得一臉童顏（年青時想來是個美男子），卻被金庸任意調遣，隨意「配對」，亂搞男女關係，又是讓人意想不到的人設。

原載《明報月刊》2024 年 8 月號

吸星大法的威力

《明報》連載《笑傲江湖》雲君所繪插圖：令狐冲吃飯間左手不經意用力，就抓碎了飯碗。

《笑傲江湖》中，向問天以偷龍轉鳳方法，救出魔教前任教主任我行。令狐冲被困石室之中，卻意外發現所睡鐵板床上刻有練功法門，後來依照功訣練習，把積存體內的七八道異種真氣，從丹田散至經脈。如此一來，連殺人名醫平一指都無法治癒的真氣亂竄情況，終於得到解決。吸星大法除了吸功，還有甚麼威力呢？縱觀修訂版與新修版，金庸都沒有說得清楚。大抵，能吸別人功力為己用，本已極其厲害，就像段譽憑「北冥神功」一吸再吸，終致內功充沛，能夠施展出幾百年來無人能夠練成的「六脈神劍」，宛如六個一燈大師，威力自是強大。然而，在舊版中，為了預告任我行有多厲害，金庸不惜借令狐冲之手，稍稍示範吸星大法的神妙之處。

說是「神妙」，倒不是誇張。因為舊版中的令狐冲練成吸星大法後，有着神人一般的能耐。第一、他根據功法只修練一兩天就有顯著成效：吃飯時，拿着飯碗的左手不經意發力，整個「粗瓦碗竟在他手中碎成了數十片」，再拿起碎片「一捏，那些瓦片竟是碎成了細粒」。只是兩天光景，令狐冲的武功已突飛猛進。

第二、離開梅莊後，令狐冲施展輕功疾走，一縱一躍，都已「達到生平從來所不敢想像的境界」，步履輕盈靜悄得「連自己的腳步聲也聽不到」。不但如此，他只要深深吸一口氣，「身子竟自冉冉升起」（「冉冉」指緩慢之意）。環顧金庸筆下所有武俠小說，從來沒有一種輕身功夫能夠讓人在原地慢慢升起；吸星大法的能耐可謂已達神人之境。只是，隨着任我行正式出場，武功雖然高，卻不一定能勝過少林掌門方證大師，與左冷禪更在伯仲之間。上黑木崖殺東方不敗時，更是四打一才能險勝。如此一來，前面種種有關吸星大法的描寫，則是渲染過頭了。

金庸後來改寫小說，分兩次「淨化」吸星大法的「神能」。1978 年時，《明報晚報》上連載的修訂版《笑傲江湖》，令狐冲仍能抓碎粗瓦碗，但不能把瓦片捏成細粒粉末，也不能只吸一口氣就冉冉升起。兩年之後，明河社 1980 年出版《金庸作品集．笑傲江湖》時，金庸再次修改，令狐冲自此以後，不能再抓碎瓦碗，而吸星大法正式被全面降級。

原載《明報月刊》2024 年 9 月號

朱九真的「大江東去帖」

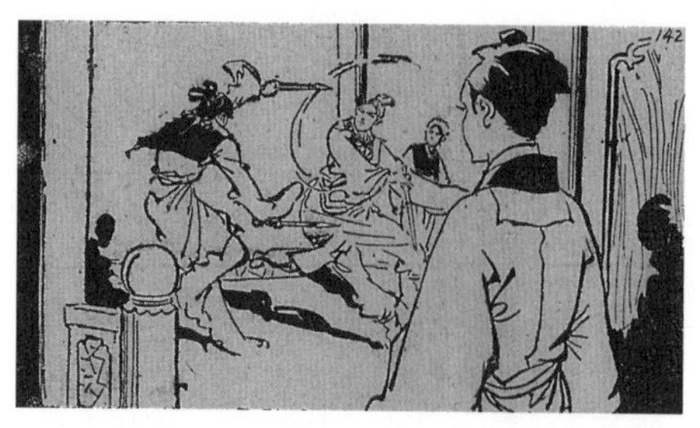

《明報晚報》1975 年 1 月 18 日連載《倚天屠龍記》雲君所繪插圖：朱九真以判官雙筆與衛璧對打。

金庸小説所以好看，筆法應記一功。金庸敘事寫物，總是在有意無意之間把許多相關或不相關的事物組合在一起，讓內容變得豐富多姿。

《倚天屠龍記》中，雪嶺雙姝想要切磋武功，卻只説不做，一個恭維對方的一陽指功夫，另一個則稱讚對方的蘭花拂穴手；但在舊版故事中，卻是切切實實的打過一架，只不過動手的是朱九真與代表武家的衛璧。

1962 年 4 月 19 日《明報》記載了這段戰役，標題是「朱九真雙筆襲表兄」；表兄就是拜在武烈門下的衛璧。朱九真説跟爹爹朱長齡學了一路筆法，要與武青嬰對打練演，武青嬰不肯，衛璧代勞，以劍迎戰。牆上有一對判官筆，朱九真「取了雙筆在手」，與衛璧打了起來。後來也不知是衛璧沒有用心打，還是真的不敵，「左支右撐，似乎越來越招架不住」，最後舉劍認輸。朱九真很是得意，「雙筆脱手擲出，錚錚兩响，沒有磚牆之中，筆尾露出在外者不過數寸」。

這段情節還有一些細節值得注意。第一，張無忌看到壁上判官筆時，聯想到父親張翠山。張翠山是使用判官筆的名家，平時講論武功時，經常談到單鈎和判官筆。第二，朱九真使出判官筆法時，張無忌又想到創自張三丰的「倚天屠龍功」（由「武林至尊，寶刀屠龍⋯⋯」二十四字江湖傳言中領悟出來的武功）。第三，朱九真問衛璧兩人，自己使出的判官筆法蛻變自甚麼書法，在旁聽到的無忌隨口説出是「大江東去帖」。

連載時這段情節一共寫了 2,000 多字，既能讓讀者更了解雪嶺雙姝的武功家底，而更重要的是，能夠勾起讀者對《神鵰俠侶》中朱子柳與霍都王子對決的回憶，又重新喚回曇花一現的「倚天屠龍功」（這套武功在張翠山死後金庸根本沒有再提過）以及早已身故的張翠山，整段描述既寫現在也寫過去，端的是金庸最常用的筆法。

金庸後來修訂《倚天屠龍記》，一則為了去掉「雙鵰」故事痕跡，一則為簡化朱九真「事跡」；這段情節雖然仍然出現在 1975 年《明報晚報》的修訂版上，但一年後出版《金庸作品集 · 倚天屠龍記》時，最終給金庸刪去，讀者也少了一個欣賞金庸筆法的機會。

原載《明報月刊》2024 年 10 月號

不一樣的王語嫣之「身世篇」

《明報》1964 年 3 月 26 日連載舊版《天龍八部》雲君所繪插圖：左二為王夫人，右二（背面）為段譽。

《天龍八部》創作於 1963 至 1966 年，1976 年初次修訂，整個故事幾乎翻天覆地，改動得最多的就是人物設定。金庸改寫《天龍八部》，基於三個原因：第一、故事原本只想寫發生在雲南大理國的事，後來卻遍及整個中原與塞外。第二、金庸原本想寫八個故事，後來改變想法。第三、許多人物出場時的人設後來都偏離了軌道，隨着故事往前發展，甚至出現前後矛盾。王語嫣就是非常明顯的例子，舊版中裏的王語嫣，與後來兩版，可謂判若兩人。

第一是名字不同，舊版中的王語嫣叫王玉燕。段譽初次聽到這個名字，覺得俗氣。

第二是身分不同。舊版與修訂版中的王語嫣與慕容復都是表兄妹的關係，但這段表親關係是怎樣算出來的呢？這又關係到王夫人姓甚麼了。在舊版中，王夫人本姓「慕容」，與慕容復的父親慕容博是兄妹關係，王玉燕把慕容博喚作舅舅。1976 年修訂之後，王夫人與慕容博沒有了血緣關係；有血親關係的是王語嫣的父親與慕容復的媽媽，兩人是兄妹關係。因此，慕容復反過來要叫王爸爸為舅舅。

金庸為甚麼要對調關係呢？這就不得不提玉洞神仙姐姐了。舊版故事中，段譽初見王夫人時，發覺王夫人「竟和大理那洞中玉像一般無異」，但玉像年輕，只是十八九歲的少女，王夫人這時差不多四十歲，因此，金庸說王夫人「竟然是那洞中玉像的親姊姊一般」。可以肯定的是，王夫人必然與玉洞神仙姐姐有關。然而，故事發展到後來，聾啞老人蘇星河的弟子康廣陵見到那幅無崖子給虛竹的畫像時，竟然說：「你這張畫中的天山童姥最不喜歡人家囉唆嘮叨……畫中這位美女，她是姓童」。如此一來，無崖子與童姥就變成了慕容博與王夫人的父母了。無崖子本姓慕容，是大燕後人。（金庸這時可能尚未構思出逍遙派，而把慕容家武學視為書中最高等級）。

故事發展到後來，金庸又改了設定，不給童姥當王夫人的母親，李秋水才是王夫人生母，畫中人則是李秋水的妹妹。可是，金庸並沒有改無崖子的人設，如此一來，無崖子依然是慕容一脈的後人。這也是為甚麼到了修訂版，金庸要改變王家與慕容家的親屬設定，目的只有一個：要無崖子改姓。

原載《明報月刊》2024 年 12 月號

不一樣的王語嫣之「武功篇」

《明報》1964 年 4 月連載舊版《天龍八部》雲君所繪插圖。王玉燕對段譽說：「我讀書是為他讀的，練武也是為他練的」。

金庸小說有兩個主角級人物，經金庸修訂後，被廢去武功。這兩人就是《鹿鼎記》中的韋小寶與《天龍八部》中的王語嫣（舊版叫王玉燕）。

修訂版中的韋小寶對海大富與陳近南所教武功，並不用心練習。舊版卻不一樣，海大富生前所教十八路三百二十種變化的少林大擒拿手，韋小寶「學得津津有味」。海大富死後，留下秘笈，韋小寶照着書中圖形來打坐練功，遇到障礙時，又使用陳近南所教法門來運氣。韋小寶這種做法，金庸給出很高的評價，說他無意間「**將兩門截不相同的武功揉合在一起**」。可惜的是，這種人設在修訂後被完全抹去。

至於舊版裏的王玉燕，是姑蘇慕容家上代家主慕容博外甥女，擁有「顯赫」的武林世家背景。母親王夫人是慕容博的妹妹（或姐姐），武功超高，想要開宗立派，發揚慕容家武功，更痛恨慕容博父子只想「規復燕國，沒將武功放在心上」。王玉燕一則因為王夫人的調教，二則為了表哥而努力練武，竟學得一身好武功。王玉燕武功高，得到王夫人認證：「你表哥一個大男人，年紀比你大着十歲，成天不學好、不長進⋯⋯身上的功夫連你也及不上」。一直以來，金庸運用襯托法，透過別人的口來「吹捧」慕容家，為南慕容造勢，而最後又用相同方法，指出人人口中厲害無比的南慕容，還比不上一個妙齡少女王玉燕。

舊版與修訂版《天龍八部》中，王玉燕都從來沒有跟人動過手，都只是紙上談兵。只是舊版所談，略有不同。例如，王玉燕要慕容復學凌波微步（金庸這時應該還沒構思出逍遙派，所以凌波微步其實是慕容家的武功），更熟諳打狗棒法。修訂版中，王語嫣與阿朱阿碧談到慕容復練打狗棒法時，曾說慕容家與王家的書庫（還施水閣與琅嬛玉洞）只能拼湊出殘缺的打狗棒法與降龍十八掌掌法，完全沒有練功心法。但在舊版中，兩家都會打狗棒法，慕容復練得不好，完全掌握不了打狗棒法的精髓，王玉燕卻熟悉棒法的各路要訣「精微奧妙之處」，知道「『纏』字訣是越慢越好，『挑』字訣卻要忽快忽慢」。到了修訂版，金庸不給王家出頭，大幅調降了王夫人的武功等級，更重新建構人設，徹底削去了慕容復王氏表妹的武功。

原載《明報月刊》2025 年 2 月號

山寨版西毒

《明報晚報》連載修訂版《射鵰英雄傳》雲君所繪插圖。居中背影的就是歐陽鋒，左邊年青公子是楊康，眾人身處鐵槍廟。

《射鵰英雄傳》中，金庸給鐵掌幫幫主裘千仞的人設是故事中第二大反派。「大」指高手，「第二」不是指第二「壞」，而是指反派中武功第二高手。讀者一般認為反派中裘千仞的武功僅次於歐陽鋒。但「老二」這種印象又從何而來呢？大概是五絕底定，裘千仞不入五絕；歐陽鋒卻位列其中，裘千仞自然是老二了。不過，這可能只是修訂版或新修版讀者的印象，舊版的讀者，感覺或許有點不同。這可以從歐陽鋒與楊康一段對話談起。

話說完顏烈（修訂版叫「完顏洪烈」）父子與歐陽鋒一眾邪人聚集鐵槍廟，言談間靈智上人對裘千仞不以為意，以為只是個「糟老頭兒」。歐陽鋒一聽到，隨即反駁，謂裘千仞的功夫比靈智上人高十倍，說「鐵掌水上飄威震兩湖，連兄弟也不敢絲毫輕視於他」。歐陽鋒並非說客套話，因為接下來楊康提到，自己撿到了鐵掌幫上代幫主上官劍南的遺書（一本小冊子），上面記載了「破解鐵掌之法」（但楊康看過後被秦南琴毀去）。歐陽鋒甫一聽到消息，立馬大喜，甚至「跳了起來」，追問是否真有其事，皆因自己對鐵掌功夫「忌憚三分」。

在舊著中，歐陽鋒之所以答應收楊康為徒，所考量的並非因為楊康與歐陽克是好友，被對方真情打動，而是因為破解鐵掌之法，歐陽鋒就是想從楊康身上學到。由此可見，歐陽鋒自忖如果與裘千仞對上，並無十足把握。舊著中的裘千仞也以歐陽鋒為假想敵，想要透過青蛙與蛤蟆的對戰，尋找破解蛤蟆功之法。可見，在舊著中，金庸把兩人定在伯仲之間，而裘千仞絕對有能力與四絕一爭長短。

金庸後來修訂小說，由於刪去楊過生母秦南琴所有戲份，要她徹底消失，而發生在秦南琴身上的事情，都與鐵掌幫有關，裘千仞受到牽連，許多情節都遭刪除。戲份減弱，地位也隨之下降，連「毒性」都不能與西毒相提並論了，這可以從鐵掌幫令牌的設計看出端倪。舊版這樣說：「掌背刻着一條小蛇一條蜈蚣，兩條毒蟲繞在一起」，小蛇與蜈蚣繞在一起，驟眼看有點像歐陽鋒的蛇杖，簡直是山寨版的西毒標誌。到了修訂版，金庸重新設計令牌，把象徵圖案換成反映「水上飄」的「水紋」。

原載《明報月刊》2025 年 3 月號

《鴛鴦刀》何時首載？

《武俠與歷史》第三十七期封面

維基百科、百度都說《鴛鴦刀》最早連載於《明報》，百度甚至列出明確日期：5 月 1 日至 28 日。台灣遠流出版社「金庸茶館」網站也說 1961 年時「《倚天屠龍記》、《鴛鴦刀》、《白馬嘯西風》開始在《明報》連載。」現存於香港公共圖書館的《明報》微縮膠卷剛好有 5 月 3 日至 28 日的檔案，5 月 3 日刊出《鴛鴦刀》第三續，但 5 月 28 日連載的《鴛鴦刀》卻非最終回（後面尚有 3,000 多字，該是三天的連載份量）。因此，《明報》1961 年 5 月 1 日至 31 日刊出《鴛鴦刀》，該是不爭的事實，但問題是：這真的是最早的刊載「地」與時間嗎？

緬甸華文報紙《中國日報》早在 1961 年 3 月 25 日就已經發表《鴛鴦刀》，因此，可以肯定的是：《明報》不是最早連載的刊物，網上所有資料都不正確。真正的發源地其實另有刊物，時間也可以再往前推：《武俠與歷史》（金庸創立的刊物）第三十七期至第四十期分別連載了《鴛鴦刀》上、中、下與尾聲四篇。時間是：61 1 11、61 1 21、61 2 1 與 61 2 11。這四組數字印在雜誌版權頁上，理論上指 1961 年 1 月 11 日、21 日、2 月 1 日與 11 日，其實不然。由於雜誌嚴重脱期，這幾組數字只顯示該期雜誌「應該」出版的日期，而非真正日期。

有兩個旁證：第一、金庸當時在香港連載的小說，很快（短至一週，長至兩週）就會轉載到東南亞的報紙。如果《鴛鴦刀》早在 1 月中旬已經出現，通常不會延至 3 月才傳至南洋。第二、《中國日報》上《鴛鴦刀》雖然 3 月下旬開始連載，但遲至 6 月才連載完畢，中途停了兩次（分別是二十九天與十四天），該是受雜誌脱期影響所致。如果《武俠與歷史》早在 2 月 11 日就結束連載，《中國日報》根本不可能停載。

除了旁證，還有鐵證：《明報》1961 年 3 月 16 日有這麼一則廣告：「武俠與歷史小説雜誌第卅柒期即將出版」。一天之後，也就是 3 月 17 日，《明報》版頭旁最顯眼位置赫然寫着：「武俠與歷史小説雜誌第卅柒期經已出版每月八角到處有售」。有了這則廣告，《鴛鴦刀》首載日期終於真相大白。網上資料、印刷資料，是時候改一改了。

原載《明報月刊》2025 年 4 月號

明教教主是謝遜的師伯

《明報》1962 年 7 月 16 日連載舊版《倚天屠龍記》雲君所繪插圖：圓真（成崑）向楊逍等人憶述往事。

《倚天屠龍記》中明教教主陽頂天在舊版時代有一個讓人遐思的名字 —— 楊破天。《倚天》故事發生在《神鵰俠侶》之後，楊破天又是當世高手，加上姓「楊」，金庸當年到底是否想為古墓傳人埋下復出的伏線？還是純屬巧合？答案已不可考，但楊破天後來不姓楊，卻是事實。1976 年出版的修訂版《倚天屠龍記》，金庸讓明教教主改名換姓：陽頂天，還稍稍修改了人設，調整了一段三角戀情的人物關係。

舊著中，楊破天夫婦與成崑原來是同門師兄妹。光明頂上，成崑暗算明教高管後表明身分：「楊破天是我師兄，楊夫人是我師妹，老衲出家之前的俗家姓氏，姓成名崑」。楊逍等人當時聽到這個消息，金庸形容眾人都「驚訝無比」。也就是說，逍遙二仙、四大法王等人，顯然不知道成崑與教主夫婦有這麼一層關係。

真的不知道嗎？又好像不是。金毛獅王謝遜是知道的。故事後段，謝遜與張無忌、趙敏等四女「泛舟」海上時，曾憶及光明頂上的情景：「楊夫人是教主的師妹，也就是我的師叔。楊教主、成崑、楊夫人三人是同門師兄妹，楊教主是我大師伯，當年指點過我不少武功」。明教中人情同手足，要說楊逍等人不知道楊教主與謝遜的關係，實在說不過去。如此一來，就與前段情節「驚訝無比」互相矛盾了。

1974 年金庸初次修改《倚天屠龍記》時根本沒有留意這段情節，兩年之後才發現問題，加上師兄妹三人的關係在故事中沒有任何作用，金庸乾脆改了楊破天的人設。不過，真正的破綻其實是成崑一句話：「我便將二十五年前的一件隱事跟你說了」。「你」指周顛，周顛不信教主會帶成崑進入秘道，質問原因。成崑才透露陽頂天早在二十五年前已死在明教秘道內。

六大派圍攻光明頂時張無忌二十歲，謝遜六十一歲；但謝遜明明說過自己二十八歲時被成崑滅門，前後相距三十三年。然而，成崑要在陽頂天死後才殺謝遜一家，如果陽頂天二十五年前已死於秘道，謝遜一家就不可能三十三年前被滅（早了八年），兩者時間明顯對不上。《倚天》這個錯誤持續超過四十年，一直到 2005 年，金庸才在新修版中改正過來。成崑說：「我便將三十三年前的一件隱事跟你說了」。

原載《明報月刊》2025 年 5 月號

百花版《雪山飛狐》的謎團

內地百花文藝出版社 1988 年出版的《白馬嘯西風》封面（書內收錄了《鴛鴦刀》與《雪山飛狐》）。

內地百花文藝出版社 1988 年出版的《雪山飛狐》（以下簡稱百花版）「後記」末尾處有一段話：「乘着本書出版內地版本，又作一次修訂，雖然差不多每一頁都有改動，但只限於個別字句，並無重大修改。一九八五年四月第三次修訂。」如果文字為真，則百花版真的經過金庸改動。不過，三聯書店 1994 年推出內地版《金庸作品集》，金庸在序文裏說：「在中國大陸，在這次『三聯版』出版之前，只有天津百花文藝出版社一家，是經我授權而出版了《書劍恩仇錄》。」如此一來，百花版《雪山飛狐》到底有沒有授權，就成了謎團。

辛先軍在自製書《飛狐系列三版本評校》中，曾經比對百花版與香港明河修訂版《雪山飛狐》，列出 120 多個不同之處。辛先軍說：「金庸單獨為內地百花版《雪山飛狐》作了修訂，説明當時百花版確實得到授權」。

然而，如果金庸不承認百花版，那麼，誰能證明：一、「乘着本書出版內地版本……」這段後記是金庸的話？二、百花版不同於明河版的地方是出於金庸手筆，而不是編輯自行修改？

答案，還得問金庸。金庸修改作品，不會只出現在一個版本之內，往後印刷出來版本也理應反映出改動痕跡。如果痕跡在往後版本出現，那就代表改動出自金庸手筆，反之則不是。比較有趣的發現是，即使是2006年印刷的修訂版《雪山飛狐》，仍然不見百花版痕跡，相類似的文字卻在新修版出現。如：「顯得鞍上胯下，相得益彰」（明河修訂版）／顯得鞍上胯下，兩相英健（百花版）／顯得鞍上胯下，兩皆英健（新修版，下同）」、「放出一道藍煙／拖曳一道藍煙／拖曳一道藍煙」。「英健」「拖曳」等同時出現在百花版與新修版，就不能簡單看作編輯自行修改的結果了。新修版至少有90個地方與百花版相同或非常接近（部分例子參見附錄），如此一來，答案呼之欲出：百花版的改動確實出於金庸之手，只是，金庸沒有把改動在後來的修訂版中完全呈現出來。一直到二千年前後，金庸新修小說，才翻出昔日的百花版，在百花版基礎上再思考斟酌，而成現在的新修版《雪山飛狐》。

然而，為甚麼百花版《雪山飛狐》明明經過金庸改動，卻沒有拿到授權？那又是另外一個問題了。

原載《明報月刊》2025年6月號

附錄：明河修訂、百花、新修版文字比對

明河版	百花版	新修版
牲口也都久經訓練(3)[1]	牲口也都久經訓馭(200)	牲口也久經訓馭(4)
顯得鞍上胯下，相得益彰。(3)	顯得鞍上胯下，兩相英健。(200)	顯得鞍上胯下，兩皆英健。(4)
當先一人身形瘦削，漆黑一團(14)	當先一人身形瘦削，臉色漆黑(212)	當先一人身形瘦削，臉色漆黑(15)
戒刀舉在半空，卻不落下。(17)	戒刀舉在半空，凝住不動。(215)	戒刀舉在半空，凝住不動。(18)
好個劉元鶴，身手果真不凡，危急中順手拉過靜智在身前一擋。(19)	劉元鶴危急中順手拉住靜智在身前一擋。(218)	劉元鶴危急中順手拉過靜智在身前一擋。(19)
劉元鶴一聽背後有人(19)	劉元鶴聽得背後有人(218)	劉元鶴聽得背後有人(20)
此刻數招一過，心中各自佩服(19)	此刻數招一過，心中各自暗驚(218)	此刻數招一過，各自暗驚(20)
比鄭三娘再強數倍的高手，也是難以防備(22)	比鄭三娘再強數倍的高手，只怕也難防備(221)	比鄭三娘再強數倍的高手也難防備(22)
陶子安笑道：「兵不厭詐，我是有心助你。」(22)	陶子安笑道：「我是有心助你。」(221)	陶子安笑道：「我是有心助你。」(22)
都抽空追來(22)	都抽身追來(221)	都抽身追來(22)
這小賊又是素來詭計多端(22)	這小賊又素來詭計多端(222)	這小賊素來詭計多端(23)
那裏説得上發足踼敵(27)	那裏説得上發足踼人(227)	怎説得上發足踼人(27)

---

1 括號中的數字為頁碼。「明河版」指香港的明河社1985時出版的修訂版《金庸作品集．雪山飛狐》。「百花版」指天津的天花文藝出版社1988年時出版的《白馬嘯西風》。新修版指明河社2004年時出版的新修訂版《金庸作品集．雪山飛狐》。

明河版	百花版	新修版
肘撞膝蹬、頭頂口咬，打得狼狽不堪，那裏像甚麼武林中的好生相鬥，直如市井潑婦當街廝打一般 (27)	肘撞膝蹬、頭頂口咬，直如市井潑婦當街廝打一般 (227)	肘撞膝蹬、頭頂口咬，直如市井無賴當街廝打一般 (27)
只見雙腕上指印深入肉裏，心中不禁駭然 (27)	只見雙腕上指印深入肉裏，不禁駭然 (227)	見雙腕上指印深入肉裏，不禁駭然 (28)
林中松樹都是數百年的老樹 (31)	林中松樹大都是數百年的老樹 (230)	林中松樹大都是數百年的老樹 (32)
火箭衝天而起，放出一道藍煙 (31)	火箭衝天而起，拖曳一道藍煙 (230)	火箭衝天而起，拖曳一道藍煙 (32)
若是有誰幹了不端行逕 (33)	有誰幹了重大邪惡行徑 (233)	有誰幹了重大邪惡行逕 (34)
重則殞命，決然逃遁不了 (34)	重則殞命，多半逃遁不了 (233)	重則殞命，多半逃避不了 (34)
神色卻是極不恭，心中怒氣上沖 (35)	神色卻極不恭，不由得怒氣上沖 (235)	神色卻極不恭，不由得怒氣上沖 (36)
熊元獻當阮士中下場時見他將鐵盒放在懷內 (44)(1985)……塞入腰帶，負在背上 (44)(2006)[2]	熊元獻當阮士中下場時見他將鐵盒塞入腰帶，負在背上 (245)	熊元獻當阮士中下場時見他將鐵盒塞入腰帶 (45)
左童叫道：「你找他算帳。」(45)	左童叫道：「咱們要他陪來。」(246)	左童叫道：「咱們要他陪珠。」(46)

2　根據百花版的〈後記〉，百花版的文字金庸是在 1985 年時候修改的，可同年或稍後時間出版的明河版，卻沒有反映這些修改內容。按道理，金庸就把百花文藝版這次修改的結果一直擱下來，直到新修版時才再用上。然而，表中 108 條比對資料中，有 18 條卻在 2006 年印刷的修訂版《金庸作品集．雪山飛狐》中出現，也就是說：明河版在 1985 年之後某一年重印時，金庸又做了一點修改，然而，為甚麼只取用部分百花版修改文字而非全部，並要等到新修版才全部反映出來？這 18 處的修改文字到底是何年摻進明河修訂版的《金庸作品集．雪山飛狐》中的？則暫時未有定論。這 18 處 1985 年與 2006 年相異的文字，一併放入明河版一欄中。括號中最後一個數字，分別指兩版的年份。

明河版	百花版	新修版
只是這兩個孩童的武功甚為怪異 (47)	只是這兩個孩童的武功甚為奇特 (248)	只是這兩個孩童的武功甚為奇特 (48)
各似自慚形穢，不敢褻瀆。(54)	自慚形穢，隱感不安 (253)	自慚形穢，隱感不安 (54)
佩了玉馬，那才叫相得益彰呢。(54)	佩了玉馬，可讓玉馬也更加好看了。(253)	佩了玉馬，可讓玉馬也更加好看了。(55)
眾人震於她父親的名頭，那敢有絲毫怠慢，都恭恭敬敬地還禮 (56)(1985) 眾人震於她父親的名頭，都恭恭敬敬地還禮 (56)(2006)	眾人震於她父親的名頭，都恭恭敬敬的還禮 (255)	眾人震於她父親名頭，都恭恭敬敬的還禮 (57)
這隻盒子是我天龍門的鎮門之寶，請你還來。(56)(1985) 這隻鐵盒乃是先師遺物，決不能落入外人之手，請你還來。(56)(2006)	這隻鐵盒乃是先師遺物，決不能落入外人之手，請你還來。(256)	這隻鐵盒是先師遺物，不能落入外人之手，請你還來。(57)
你說這是貴派鎮門之寶，那麼盒中是何寶物，寶物是何來歷 (56)(1985) 你說這是尊師遺物，那麼盒中藏了什麼東西，這隻鐵盒是何來歷 (56)(2006)	你說這是尊師遺物，那麼盒中藏了什麼東西，這隻鐵盒是何來歷 (256)	你說這是尊師遺物，那麼盒中藏了甚麼東西，鐵盒是何來歷 (57)
阮士中、殷吉雖是天龍門前輩高手，也是面面相覷，說不出個所以 (57)(1985) 阮士中和殷吉面面相覷，也說不出個所以然來 (57)(2006)	阮士中和殷吉面面相覷，也說不出個所以然來 (256)	阮士中、殷吉雖是天龍門前輩高手，也均面面相覷，說不出個所以 (57-58)

明河版	百花版	新修版
那是一柄寶刀。(57)(1985) 盒裡放的是本門的鎮門寶刀。(57)(2006)	盒裡放的是本門的鎮門寶刀。(256)	盒裡放的是本門的鎮門寶刀。(58)
你知道什麼？乘早別胡説八道。(57)(1985) 「胡説八道！誰説咱們的鎮門寶刀是放在這鐵盒子裏的？」他們每次見到鎮門寶刀，都是從一隻舊木盒中取出來，向來跟這鐵盒拉扯不上干係。(56)(2006)	「胡説八道！誰説咱們的鎮門寶刀是放在這鐵盒子裏的？」他們每次見到鎮門寶刀，都是從一隻舊木盒中取出來，向來跟這鐵盒拉扯不上干係。(256-257)	「胡説八道！誰説咱們的鎮門寶刀是放在這鐵盒子裏的？」他們每次見到鎮門寶刀，都是從一隻舊木盒中取出來，向來跟這鐵盒拉扯不上干係。(58)
不錯，是一柄寶刀。(57)(1985) 不錯，便是那口寶刀。(57)(2006)	不錯，便是那口寶刀。(257)	不錯，便是那口寶刀。(58)
怎麼落入天龍門之手？ (57)(1985) 怎麼會放在這鐵盒之中？ (57)(2006)	怎麼會放在這鐵盒之中？ (257)	怎麼會放在這鐵盒之中？ (58)
「這是我天龍門祖傳下來的，誰得了寶刀，誰就做掌門。」殷吉接口道：「不錯，這是本門寶刀，南北兩宗輪流保管。」(57)(1985) 「這是我天龍門祖傳下來的寶刀。幾百年來就一直放在這鐵盒裏。」(57)(2006)	「這是我天龍門祖傳下來的寶刀。幾百年來就一直放在這鐵盒裏。」(257)	「這是我天龍門祖傳下來的寶刀。幾百年來就一直放在這鐵盒裏。」(58)

明河版	百花版	新修版
「這老和尚果然不懷好意，原來也想劫奪這盒中寶刀。我們今日身陷絕地，那可是有死無生了。」(47)(1985) 「這老和尚果然不懷好意，原來也想劫奪鐵盒。他引我們上峰，顯是要把我們一網打盡，不但奪到鐵盒，還要斬草除根，不留後患，我們今日身陷絕地，那可是有死無生了。」(57)(2006)	「這老和尚果然不懷好意，原來也想劫奪鐵盒。他引我們上峰，顯是要把我們一網打盡，不但奪到鐵盒，還要斬草除根，不留後患，我們今日身陷絕地，那可是有死無生了。」(257)	「這老和尚果然不懷好意，原來也想劫奪鐵盒。他引我們上峰，顯是要把我們一網打盡，不但奪到鐵盒，還要斬草除根，不留後患，我們今日身陷絕地，那可有死無生了。」(58)
只聽她道 (65)	只聽她繼續講下去 (266)	只聽她繼續講下去 (66)
日未過午，但各人已經歷了許多怪異之事，心中存了不少疑團 (74)	日未過午，但各人已經歷了許多突兀之事，心中積下不少疑團 (277)	日未過午，但各人已經歷了不少突兀之事，心中積下不少疑團 (76)
不論身有天大的要事，都得擱下了應召赴義 (75)	縱使身有天大的要事，也都得擱下，應召赴義 (277)	縱使身有天大的要事，也都得擱下，應召赴義 (77)
只是天龍門掌門對這口寶刀始終十分重視 (75)	只是天龍門掌門對這口寶刀一直珍視萬分 (277)	只是天龍門掌門對這口寶刀一直珍視萬分 (77)
以防傷勢如有變化 (81)	以防倘若有人傷勢生變 (283)	以防有人傷勢生變 (83)
我夫人唸信 (88)	我聽胡一刀給他夫人念信 (290)	我聽胡一刀給他夫人唸信 (91)
既不緊張，亦不氣餒 (95)	既不緊迫，亦不氣餒 (299)	既不緊迫，亦不氣餒 (99)
范幫主和田相公兩人神色愈來愈是緊張 (95)	范幫主和田相公兩人的神色卻愈來愈是沉重 (299)	范幫主和田相公兩人的神色卻愈來愈沉重 (99)
兩隻雞、一隻羊腿 (96)(1985) 一隻雞、半隻羊腿 (96)(2006)	一隻雞、半條羊腿 (299)	一隻雞、半隻羊腿 (99)

明河版	百花版	新修版
他每晚在靈位邊喝這十幾碗酒，喝到後來，常常痛哭一場 (110	他每晚在靈位邊喝乾了這十幾碗酒，神情十分傷心 (315)	他每晚在靈位邊喝乾了這十幾碗酒，神情十分傷心，喝到後來，往往撫刀大哭 (114)
勝負只關個人，不牽涉兩家武功的威名 (111-112)	勝負只在他二人自己，不涉兩家武功威名 (317)	勝負只在他二人自己，不涉兩家武功威名 (116)
你倒親口說一句，到底我爹爹是怎樣死的？ (113)	我要再問一次，到底我爹爹是怎樣死的？ (318-319)	我要再問一次，到底我爹爹是怎樣死的？ (118)
兩位說經過不同，只因為有一個人是在故意說謊 (114)	兩位所說不同，只因為有一個是故意說謊 (320)	兩位所說不同，只因為有一個是故意說謊 (119)
見說這話的原來是那臉有刀疤的僕人 (114)	見說這話的是那臉有刀疤的獨臂僕人 (320)	見說這話的是那臉有刀疤的獨臂僕人 (119)
心想以金面佛作護符，還有誰敢傷他 (115)	心想他如以金面佛作護符，還有誰敢加害 (321)	心想他如以金面佛作護符，還有誰敢加害 (120)
卻見到隔房窗子上映出一個黑影，一動不動的伏著。 (119)	卻見到隔房窗子上映出一個黑影。(325)	卻見到隔房窗子上映出一個黑影。(123-124)
驅逐滿人出關，還我漢家河山 (125)	驅逐旗人出關，還我漢家河山 (331)	驅逐旗人出關，還我漢家河山 (130)
說到這裏，不禁長長嘆了一口氣 (125)	說到這裏，神色黯然，長長嘆了一口氣 (332)	說到這裏，神色黯然，長長嘆了一口氣 (130)
曹雲奇與周雲陽伸臂握拳，站在他的身前，只要他微有動武之意，立即發拳毆擊 (126)	曹雲奇與周雲陽伸臂握拳，站在他身前，只待發拳毆擊 (333)	曹雲奇與周雲陽伸臂握拳，站在他身前，只想發拳毆擊 (131)
性命都要送在他手裡，你⋯⋯你怎麼⋯⋯(127)	性命都要送在他手裡，你⋯⋯你仍然⋯⋯ (334)	性命都要送在他手裡，你⋯⋯你仍然⋯⋯(132)

明河版	百花版	新修版
她這番話說得心平氣和，但不知怎的，卻有一股極大力量，竟說得寶樹竟就放開了平阿四的手臂 (127)	她說得心平氣和，但言語中隱然蓄有一股極大力量，寶樹竟就放開了平阿四的手臂 (334)	她說得心平氣和，但言語中隱然蓄有一股極大力量，眾人均覺無可奈何，寶樹竟就放開了平阿四的手臂 (132)
我平阿四一生受人呼來喝去 (127)	我平阿四向來給人呼來喝去 (334)	我平阿四向來給人呼來喝去 (133)
卻均不甚了然，待得知道是闖王遺下的軍刀 (137)	卻均一無所悉，待得知道其中藏有闖王遺下的軍刀 (345)	卻均一無所悉，待知其中藏有闖王遺下的軍刀……及至聽平阿四說這刀跟闖王的大寶藏有關 (142)
他是胡斐的救命恩人，若是有甚麼不測 (144)	他是胡斐的救命恩人，倘有不測 (352)	他是胡斐的救命恩人，倘有不測 (149)
說著自己斟了一杯酒，又是一飲而盡職 (147)(1985) 說著自己斟了一杯酒，便即乾杯 (147)(2006)	說著自己斟了一杯酒，便即乾杯 (355)	說著自己斟了一杯酒，便即乾杯 (151)
意思說主人殷勤相待，自慚沒甚麼好東西相報。(147)(1985) 意思說主人殷勤相待，自慚無以為報。春秋時靈輒腹飢，趙宣子贈酒肉，並讓他攜回食物奉母，後來趙宣子遇難，靈輒拚死捍衛解救。(147)(2006)	意思說主人殷勤相待，自慚無以為報。春秋時靈輒腹飢，趙宣子贈以酒肉，並讓他攜回食物奉母，後來趙宣子遇難，靈輒拚死捍衛解救。(355)	意思說主人殷勤相待，自慚無以為報。春秋時靈輒腹饑，趙宣子贈以酒肉，並讓他攜回食物奉母，後來趙宣子遇難，靈輒拚死捍衛解救。(152)
苗若蘭道：「我不冷。」她自己心中其實也不知到底在想什甚麼。(148)	苗若蘭道：「我不冷。」(356)	苗若蘭道：「我不冷。」(153)

明河版	百花版	新修版
拿到我後，便誣陷我盜他寶刀，逼我交出。我交不出刀，他縱不殺我……(165)	捉會拿到我之後，便誣陷我盜他寶刀，逼我交出。別說我交不出刀，就算真有一口寶刀交出來，他縱不殺我……(373-374)	捉到我之後，便誣陷我盜他寶刀，逼我交出。別說我交不出刀，就算真有一口寶刀交出來，他縱不殺我……(170)
就算沒殺身之禍，也必鬧個身敗名裂(165)	就算沒殺身之禍，也必鬧個聲名掃地(374)	就算沒殺身之禍，也必鬧個聲名掃地(170)
只見他惱得眼中如要噴火，心中都是暗暗好笑(168)	只見他惱得眼中如要噴火，都暗暗好笑(377)	只見他惱得眼中如要噴火，都暗暗好笑(173)
熊元獻伸手一推，巨岩紋絲不動(192)	熊元獻奮力推去，巨岩紋絲不動(402)	熊元獻奮力推去，巨岩紋絲不動(197)
將陶曹二人耍得服服貼貼，心中都是暗暗好笑(195)	將陶曹二人耍得服服貼貼，都暗暗好笑(406)	將陶曹二人耍得服服貼貼，都暗暗好笑(200)
原來人人都怕自己一出去(197)	人人都怕自己一出去(408)	人人都怕自己一出去(203)
對方大邀幫手，我這可是寡不敵眾(203)	對方大邀幫手，我難免寡不敵眾。可別妄自尊大，小覷了天下的英雄好漢(412)	對方這麼大邀幫手，我難免寡不敵眾。可別妄自尊大，小覷了天下的英雄好漢。(207)
胡斐一進被窩，卻是大吃一驚……他正要一滾下床……已有人走進房來(203)	胡斐鑽進被窩，卻大吃了一驚……他正要滾下床來……已有人走進廂房(412-413)	胡斐鑽進被窩，卻大吃了一驚……他正要滾下床來……已有人走進廂房(208)
都是吃了一驚……要加害金面佛苗人鳳(205)	都吃了一驚……要暗算金面佛苗人鳳(414)	都吃了一驚……要暗算金面佛苗人鳳(209)
卻是個文武雙全的奇男子(206)	卻是個文武雙全的好男兒(416)	卻是個文武雙全的好男兒(211)
可是在拿狐狸之前(207)	可是在抓到狐狸之前(417)	可是在抓到狐狸之前(212)

明河版	百花版	新修版
苗人鳳四肢活動，一足踢飛一名迫近身旁的侍衛 (213)	苗人鳳四肢活動，抬足踢飛一名迫近身旁的侍衛 (423)	苗人鳳穴道鬆開，四肢可動，抬足踢飛一名迫近身旁的侍衛。(218)
當下心生一計，飛起一腿，猛地往靈清道人胸口踢去。(214)	當下飛起一腿，猛地往靈清道人胸口踢去。(425)	當下飛腿猛地往靈清道人胸口踢去。(220)
心頭一驚，防他運勁反擊 (216)	驚詫之下，防他運勁反擊 (427)	驚詫之下，防他運勁反擊 (221)
那二人吃了一驚，只怕杜玄……(217)	那二人大驚，只怕杜玄……(428)	那二人大驚，只怕杜玄……(223)
於身外之事，竟是全不縈懷 (229)	於身外之事，全不縈懷 (440)	於身外之事，全不縈懷 (234)
那知幾個打滾，險險將火頭壓熄 (230)	那知幾個打滾，險些將火頭壓熄 (447)	那知幾個打滾，險些壓熄了火頭 (234)
寶樹「啊」的一聲，右手一揚 (230)	寶樹「啊」的一聲，右手急揚 (442)	寶樹「啊」的一聲，右手急揚 (235)
胡斐一聲冷笑，踏上一步 (230)	胡斐微微冷笑，踏上一步 (442)	胡斐微微冷笑，踏上一步 (235)
珍寶飛到，準頭竟是不偏半點 (231)(1985) 珍寶飛到，準頭不偏半點，寶樹又怎避得開？(231)(2006)	珍寶飛到，準頭不偏半點，寶樹又怎避得開？(443)	珍寶飛到，準頭不偏半點，寶樹又怎避得開？(236)
有意避開寶樹的要害 (231)(1985) 但避開了寶樹的要害 (231)(2006)	但避開了寶樹的要害 (443)	但避開了寶樹身上要害 (236)
突然覺得自己正處於極大幸福之中 (231)(1985) 突然覺得自己此刻福祉無窮，嘉樂無盡 (231)(2006)	突然覺得自己此刻福祉無窮，嘉樂無盡 (443)	突然覺得自己此刻福祉無窮，嘉樂無極 (236)

明河版	百花版	新修版
胡斐橫眉怒目，自左至右……(231)(1985) 胡斐睜大雙目，自左至右……(231)(2006)	胡斐睜大雙目，自左至右……(443)	胡斐睜大雙目，自左至右……(236)
可是這一聲叫得那麼自然流暢 (233)	可是這一聲叫得那麼流暢自如 (445)	可是這一聲叫得那麼流暢自如 (238)
但願這一刻無窮無盡 (233)	但願這一刻永無窮盡 (445)	但願這一刻永無窮盡 (238)
心想此人文武全才，結交遍於天下 (235)	心想此人文武全才，廣交當世英豪 (447)	心想此人文武全才，廣交當世英豪 (240)
樹枝一擺 (241)	樹枝輕擺 (453)	樹枝輕擺 (246)
念頭剛轉得一轉，身子已落上懸岩 (242)	念頭甫轉，身子已落在岩上 (455)	念頭甫轉，身子已落上懸岩 (247)
胡斐頭一低，彎腰避劍，也已拾起樹枝 (242)	胡斐低頭彎腰，避過劍招，乘勢拾起樹枝，還了一招「拜佛聽經」(455)	胡斐低頭彎腰，避過劍招，乘勢拾起樹枝，還了一招「拜佛聽經」(248)

笑天

附錄

金庸百年，俠影七十：台灣金庸小說研討會與金庸展覽側記

「金庸百年傳奇」國際學術研討會

二十六年前，金庸就坐在那個位置上，聽與會者談他筆下的小說，還拿起紙筆來紀錄。金庸是來「上貨」的，聽一眾專家評論小說人物情節，好為即將開展的修訂工作做準備。二十六年後，與會者換了一批新面孔，即使有幾個舊人，也已經風霜滿臉。唯一不變的是那顆熱愛金庸小說的心，大家認真地討論金庸小說，雖然，金庸已經不在那個位置上……

2024 年 10 月 30 日，台灣的政治大學與遠流出版公司召開了「金庸百年傳奇：對話．反思．超越」國際學術研討會，幾十個來自海峽兩岸三地與日韓歐美的專家

研討會會場

學者聚集在台灣的「國家圖書館」國際會議廳（一樓），以發表論文、專家評述與聽眾提問方式，研究金庸小說的過去、現在、未來。研討會為期三天，共分十個場次，設有六大主題，分別是「金庸世界：金庸小說的版本與文本研究」、「金庸神話：華人共同體與文學／文化界域的游移」、「金庸傳媒帝國：金庸小說跨媒界改編與大眾文化消費」、「國際金庸：翻譯金庸與金庸小說的跨語境傳播」、「數位金庸：語義、遊戲、武俠元宇宙」、「從金庸到後金庸：對話・反思・超越」。

在各場研討會之間，大會也穿插安排圓桌論壇（其實是並排而坐，面向觀眾），由專家、業界輪流分享看法，交流心得。圓桌論壇共有五個主題，分別是「作家論壇：給下一輪武俠盛世的備忘錄」、「文化金庸：金庸的文化志業與文化交往」、「文化越界：金庸小說的

圓桌論壇（二）講台，左起蒲鋒、王榮文、李以建。另外兩位內地學者以錄影發表看法。

國際翻譯出版與跨文化傳播」、「『金庸』作為方法：金庸研究新視野」、「金庸遺產：後金庸時代的文化再生產」。

金庸小說歷經七十年：金庸花了五十年來創作與改寫小說，而「金學」在 1980 年前後建立，至今已經超過四十年，對於個別作品的探討，近年的研究已經逐漸變少，取而代之的則是視金庸為現象，探討金庸小說的 IP 效應、發展與影響。論文主題中的跨媒界、翻譯與數位等課題，正好代表了金學在二十一世紀的最新發展，已經超越了小說本身而進入了更廣大的文化與現象討論層面，涵蓋了影視改編、電玩遊戲，跨翻譯與文化傳播等重要課題。

雖然說二十一世紀的金庸小說研究走進新的領域，

但小說的文本研究其實尚有很多未盡完善的地方。上海大學文學院石娟教授的〈《評點本金庸武俠全集》：文學事件、文本再生產與經典化實驗〉與金學名家陳墨先生的〈彼此所說是不是同一個金庸？——金庸小說新修版的問題、因由及對策〉兩文討論的內容，都值得讓人深思。

內地的文化藝術出版社 1998 年時出版《評點本金庸武俠全集》，評點人盡是當時文壇名家。這套書後來被金庸指為盜版，因而掀起了軒然大波，經過長達三年的訴訟與解釋，最後以雙方和解落幕，但「評點本」由於蒙上了盜版的壞名聲，而為人所忽視。石娟認為，「評點本」其實是研究新修版金庸小說的「富礦」，儘管曾一度質疑評點本的版權問題，但種種跡象顯示：2003 年開始陸續出版的新修版《金庸作品集》，金庸其實明顯參考了評點本中的意見，或據之以修改小說，或不同意觀點而在小說中回應。

陳墨狠批新修版小說，謂新修版「療傷有效，整容失敗」（指金庸修訂小說的錯誤之處做法正確，但改寫的效果未如理想）。由於修訂版與新修版並行於世，陳墨認為「這種情況不正常」，看不同版本的讀者無法有效討論。因此，陳墨提出該成立「二選一委員會」，由相關人等投票，選出其中一個版本作為定本的底稿，並

研討會曲終人散，筆者所坐的位置，就是 1998 年時金庸參與研討會時的座位。

整合兩版優點，合而為一。這個建議引起了與會者的深入討論。無論贊成與否，這都顯示出金學發展的某個缺失：兩版並行與新修版的優劣，並未得到充分討論。

新修版 2003 年出版時，讀者或基於「初戀情結」，幾乎都給負評。修訂版《金庸作品集》1974 年面世，到新修版出版時已經積累了三十年的讀者群，這些讀者（更多的是金迷）再讀新修版，看同一批人演出舊故事卻有不同的行為取捨（如王語嫣最終與段譽分手），拒絕接受新版本新故事可想而知。時至今天，新修版已歷經二十多年歲月，有了專屬讀者群（新一代讀者很多只看過新修版），大家對兩版評價是否再如之前的一面倒，或已不能同日而語。因此，儘管二十一世紀的金學已往多元方向發展，金庸百年或許正是好時機，讓金學還原基本步，回歸版本與文本研究，讓我們以客觀的態度整理文獻，正視兩版並行的問題，重新探討新修版。唯有這樣，才是對金庸這位當代華人文壇的偉大作家，給予最大的尊重。

「百年金庸　無盡江湖」特展

金庸 2018 年辭世，遠流出版社一年內連續舉辦了三個金庸展，分別是 2018 年 11 月的「書閣猶聞俠骨香」(展期 40 天)，2019 年 2 月台北國際書展的「文化至寶，武俠不滅」(展期 6 天)，以及 2019 年 6 月的「金庸武俠——華山論劍」特展(展期 82 天)。遠流董事長王榮文一直想在台灣籌建「金庸博物館」，金庸遺孀查太太亦於 2022 年寄贈大批金庸遺物到台灣，包括家具約六十件，六百多件收藏品，以及過萬本書籍。

2024 年 10 月 26 日，遠流和台灣文創發展基金會在台北華山文創園區舉辦「百年金庸　無盡江湖」特展，展期到 2025 年 3 月 3 日為止(共 134 天)。整個展覽分為四個章節，依次是：

一、「江湖，就是這麼超乎想像」：沿路走進會場，左邊三部電視播出取材自董培新畫作剪輯而成的動畫短片，一幕幕金庸小說的名場面跳動眼前，背景音樂是 1981 年版 TVB 版《天龍八部之虛竹傳奇》的主題曲〈萬水千山縱橫〉，右邊是一面寬五米半、高兩米半的 IP

在台北華山文創園區辦「百年金庸 無盡江湖」特展會場 3D 示意圖。

牆，上面盡是幾十年來畫成漫畫與拍成電影電視的封面圖，無論看過小說與否，讀者都能從中找到自己熟悉的那個金庸。

二、「作品，武俠小說的巔峰」：展示不同版本的金庸小説。每個展櫃裏面的展品就是一部小說的出版史。如《神鵰俠侶》展櫃，展品包括《明報》、普及本、合訂本，更有金庸手稿與翻譯為外文的金庸小說。參觀者觀看每個展櫃，可以從中窺探每部小說的發展歷程。大會用「輪展」方式分前後兩期擺放展品，第一階段「俠情浪漫」，六個展櫃分別是天龍、射鵰三部曲、俠客與笑傲，展期至 1 月中。第二階段「豪俠爭霸」於農曆年後開始，展示餘下各書。

《神鵰俠侶》展櫃，牆上所貼為新修版手稿，金庸在外地直接寄到遠流出版公司的真跡（從香港寄出的是影印本）。

三、「作家，親近大師的魔幻時刻」：這部分主要展示金庸夫人捐贈的金庸遺物。既有印文之章、文房四寶、桌椅器物，也有金庸寫小說時聽的黑膠唱片，看過的書，而最讓人印象深刻的是棋譜與卷軸畫作。看到棋譜，讀者就明白到為何金庸書中經常有下圍棋的情節，而更讓人驚艷的是兩張蒼鷹橫空的畫作，竟然就是修訂版《金庸作品集．射鵰英雄傳》的封面圖。另一幅畫作

台灣金庸館內容總監周悌為參觀的人介紹展覽藏品。

中的觀音圖，又是否啟發金庸寫出天龍寺外段延慶碰到刀白鳳的橋段呢？

四、「讀者，永不止息的無盡江湖」：以讀者（參觀者）為考量的區塊，既有日月神教聖教主寶座讓人拍照留念，也有小巧精緻的紀念品，讓人把展覽的回憶帶回家。

在金庸百年效應下，海峽兩岸四地一年來都有大小不同的活動與展覽，內地海寧的金庸百年展，澳門的《俠現媽閣》金庸劇集服裝及兵器展，香港文化博物館的「俠之大者」任哲雕塑展，都展示出不同時空下文創人與藝術家眼中的那個金庸。2024 年過去了，「金庸百年」已經畫上休止符。2025 年是金庸小說面世七十周年，台北華山文創園區上的「百年金庸　無盡江湖」特展，正好作為翻篇的開端，讓讀者重溫與認識既已逝去卻依然生生不息的金庸。

談故論金

金庸小說讀書筆記

邱健恩 著

責任編輯　郭子晴

裝幀設計　Fuzzy Design

排　　版　時潔

印　　務　劉漢舉

出版

中華書局

香港北角英皇道 499 號北角工業大廈 1 樓 B

電話：（852）2137 2338

傳真：（852）2713 8202

電子郵件：info@chunghwabook.com.hk

網址：http://www.chunghwabook.com.hk

非凡出版

香港北角英皇道 499 號北角工業大廈 1 樓 B

電話：（852）2137 2338

傳真：（852）2713 8202

電子郵件：info@chunghwabook.com.hk

網址：http://www.chunghwabook.com.hk

發行

香港聯合書刊物流有限公司

香港新界荃灣德士古道 200 - 248 號

荃灣工業中心 16 樓

電話：（852）2150 2100

傳真：（852）2407 3062

電子郵件： info@suplogistics.com.hk

版次

2025 年 7 月初版

規格

16 開（210mm x 142mm）

ISBN

978-988-8913-26-8

特別鳴謝：習羽為作者版贈品插圖集封面著色